KB264697

루드밀라

지그프리트 렌츠/김재혁 옮김

예문

Ludmilla

by

Siegfried Lenz

차 례

루드밀라

LUDMILLA

루드밀라

지금까지 나를 만나기 위해 집으로 찾아오는 사람들은 누구나 브로더젠 선장 방의 세 개의 유리창 곁을 지나갈 때마다 발걸음 소리를 죽였다. 그 까닭은 제라늄과 울긋불긋한 화초들 사이에 위치한 그곳에 그 늙은 뱃사람이 먼 객지의 항구에 들를 때마다 기념품으로 구해 온 물건들이 진열되어 있기 때문이었다. 그것은 도자기로 만든 채색한 몹스(möpse:불도그와 같은 추한 얼굴의 작은 개—역주)들, 흑단을 재료로 하여 만든 목각물들, 행복한 표정을 짓고 있는 뚱뚱한 아시아인 부부 인형들, 취통(吹筒) 그리고 은은한 갈색을 띠고 있는 표본용 새끼 이구아나 등이었다. 그 늙은 선장은 방 깊숙이 틀어박혀 덜덜덜 떨면서 지난날의 그의 멋진 항해를 상기시켜 주는 그 물건들을 주의 깊게 살펴보기 위해 방문객들이 발걸음을 늦추거나 아예 멈추어 설 때마다 마음속으로 쾌재를 불렀다. 8시에 온다고 말한 퓌츠만 역시 흔히 볼 수 없는 그 작은 여행 기념품들을 발견하고는 눈이 휘둥그레져 그것들을 보다 자세히 보기 위해 발걸음을 멈추리라는 사실을 나는 의심치 않았다. 하지만 정시에 나타난 그 회계검사원은 그것들을 거들떠보지도 않고 선장의 창문 곁을 횡하니 지나 옆문을 향해 걸어갔다. 이윽고 내 문의 초인종이 울렸다.

그 사람이 서재를 겸한 나의 거실로 들어섰을 때 나는 안도감을 느꼈음을 시인해야겠다. 왜냐하면 나이가 꽤 든, 위산과다증에 걸린 땅딸막한 회계사가 아니라, 우유빵을 연상시키는 아주 하얀 피부의 젊은 남자가 내게 인사를 해왔기 때문이다. 그는 안경알이 둥글게 생긴 안경을 쓰고 있었다. 테는 검은 색이었다. 포동포동한 그의 얼굴은 어린애 같은 순진무구함을 지니고 있었다. 직업상으로 상대방을 의심하는 기색이라고는 찾아볼 수 없었다. 오히려 어린애처럼 놀라움을 표하는 표정이 잘 보존되어 있는 얼굴이었다. 그의 몸은 아직 뚱뚱하다고 말할 수는 없지만 뚱뚱해질 소질은 얼마든지 엿보였다. 엉덩이 부위가 팽팽한 그의 양복이 그 사실을 뚜렷하게 보여주었다.

그는 커다란 검은색 서류가방을 바닥에 내려놓고는 천천히 고개를 끄덕이며 주변을 둘러보았다. 마치 꿈꾸는 듯이 그는 나의 침대 겸용 소파와 내가 손수 만든 책꽂이를, 그리고 브로더젠 선장이 선물한 벚나무 재질의 책상을 훑어보았다. 그러다가 그는 참을 수 없다는 듯이 내게 손짓을 하여 책상 위의 원고를 잠깐 볼 수 있게 해달라고 부탁했다. 그는 그의 관심을 숨김 없이 드러냈다. 그가 몸을 굽혀 첫 몇 문장을 읽고 있는 동안 나는 그에게 방금 단편소설을 한 편 쓰고 있는 중이었다고 말해 주었다. 제목은 '길묘사'라고 달 것이라고 말했다. 그러자 그는 생각에라도 잠긴 듯이 그 제목을 거듭 되뇌었다. 이윽고 그는 어디에 앉아야 할지 알고 싶어했다. 나는 그를 부엌으로, 부엌의 식탁으로 안내했다. 식탁에는 이미 커피를 담은 보온병이 올려져 있었다. 그리고 그가 내게 전화로 부탁한 서류들도 이미 제자리에 정돈되어 있었다. 그것은 내가 내 수입을 기록해 놓은 노트와 영수증들을 모아둔, 모양이 잘 유지되어 있는 구두상자였다. 구두상자 옆에다 나는 나의 첫 단편소설 「귀화」를 놓아두었다. 수중에 두 권밖에 없었지만 나는 그 중 한 권을 그에게 선물하기로 마음을 먹었던 것이다. 물론 그게 나쁘다고는 조금도 생각하지 않았다. 그가 자리에 앉기 전에 나는 마분지 표지의 그 책을 집어들고 뒷표지의 차례를 흥미 있게 읽은 다음 그것을 그에게 내밀었다.

「당신한테 드리는 겁니다. 선물로 생각해도 좋습니다.」

내가 말했다.

「죄송합니다만, 받을 수가 없습니다.」

그가 걱정스런 투로 말했다.

「고작 책 한 권인데요.」

내가 말했다.

그러자 그 말에 대해 그가 이렇게 대꾸했다.

「고작이라니요? 언제부터 그게 고작이 됐지요?」

그는 미소를 지으며 그의 서류가방을 책상 위에다 탁, 하고 올려놓고 자리에 앉으면서 중얼거렸다.

「그러면 이제 우리.」

그렇게 말하면서 그는 서류가방을 열어 한 꾸러미의 세금 관계 서류를 끄집어냈다. 나는 그것이 나의 원고료에 대해서 여러 라디오 방송국에서 세무서로 보낸 것들임을 금방 알아차렸다. 그는 나를 올려다보면서 눈을 찡긋해 보이며 이렇게 말했다.

「당신을 너무 방해하지 않게 되었으면 좋겠어요.」

「질문이 있으면 언제라도 부르세요, 옆에 가 있을 테니까요.」

나는 그렇게 말하고서 그를 그곳에 혼자 두고서 문을 조금 열어놓고는 책상에 가서 앉았다.

그가 와 있다는 사실을 잊고서 '길묘사' 작업을 계속하기로 마음을 굳게 먹은 다음 나는 분위기를 잡기 위하여 첫 다섯 페이지를 다시 한번 읽었다. 그것은 이 단편의 서두로서 정거장에서 한 노인이 그곳 사람에게 길을 물었다가 엉뚱한 대답을 듣는 내용을 담고 있었다. 그 대답을 나는—그게 이야기를 끌어가는 나의 의도였다—나중에 그 고장과 그 고장 사

람들의 또 다른 특성으로 보여주고자 한 것이다. 나는 도무
지 집중을 할 수가 없었다. 이름을 바꾸어 달 거리의 이름을
막 생각해 낸 순간 부엌에서 들려온 덜거덕 소리에 나는 깜
짝 놀라 자리에서 벌떡 일어났다. 잠시 조용해졌다가 퓌츠만
이 커피를 따르는 소리가 들려왔다. 나도 모르게 그가 먹고
마시는 장면이 떠올랐다. 돼지고기 순대를 푸짐하게 얹은 빵
을 그가 한 입 크게 베어 먹은 다음 나의 커피를 홀짝대며 마
시면서 수입을 기록한 나의 노트를 여유만만하게 훑어보는
그의 모습을 그려보았다. 그는 소리를 내지 않고 먹었다. 한
동안 나는 귀를 쫑긋 세우고 앉아 조그만 움직임 소리나 거
부의 소리, 이의의 소리, 또는 나직한 조롱조의 웃음소리가
들려오기를 기다렸다. 하지만 아무 일도 일어나지 않았다.
나는 거리 이름을 바꾸어야 하는 여러 가지 이유에 대해서
곰곰이 생각해 보았다. 이유는 단 한 가지밖에 없었다. 그것
은 늘 있는, 어디서나 타당한 이유였다. 면직물 제품 때문이
었다.

　「잠깐 방해해도 될까요?」

　퓌츠만이 조심스럽게 물었다. 그는 문에 서서 영수증 몇
개를 가볍게 흔들어 보였다. 그 영수증들은 그의 통통한 손
에 잡혀 초라하고도 아무런 죄가 없는 것처럼 보였다. 하지
만 그 영수증들이 그의 의심을 불러일으킨 모양이었다. 그가
말했다.

　「내가 보니, 당신은 얼마 동안 우리 구청에서 정기적인 소

득까지 올린 것으로 되어 있군요.」

「독일어 강의를 했지요.」 내가 말했다. 「나는 예전의 마켄젠 군대 막사까지 가서 일 년 동안 이주자들을 대상으로 독일어 강의를 했어요. 시베리아와 볼가 지역에서 온 독일 계통의 이주자들이었지요. 바로 그 막사에 그들이 묵고 있었거든요. 그들이 이곳 독일에서 제대로 적응하도록 돕는 것이 나의 일이었어요. 알겠어요?」

「알다마다요.」 그가 말했다. 「그 사람들은 다른 세계에서 온 사람들이지요. 툰드라와 스텝 지역에서 말이에요.」

「맞아요.」

내가 말했다.

그가 영수증을 쳐다보며 말했다.

「당신은 여기 세금을 내야 하는 선물 바구니를 하나 산 걸로 되어 있어요. 가격이 130마르크군요. 그런데 선물을 받은 사람 이름이 없어요.」

루드밀라의 이름을 단 한 번이라도 입 밖에 낼 생각은 추호도 없었다. 나는 내 앞에 버티고 서서 답변을 요구하는 듯한 그의 자세에 조금 기분이 나빠져 이렇게 말했다.

「강의용이요. 강의에 쓰려고 산 거라구요. 그러므로 세액 공제가 되는 걸로 알고 있는데.」

내가 그의 뇌 속에다 후춧가루라도 뿌린 듯한 표정으로 퓌츠만이 나를 쳐다보았기 때문에 나는 이렇게 덧붙였다.

「그 바구니에 담긴 내용물들은 강의할 때 아주 유용하게

쓰였어요. 그 내용물이 무엇이었는지 당신한테 한번 열거해
볼까요?」

　그는 그만 됐다는 손짓을 하고 어깨를 움츠리고 부엌으로
돌아갔다.

　다시 책상에 앉아 '길묘사' 작업을 하는 일에 몰두하려는
데 금방 루드밀라의 미소가 떠올랐다. 그녀는 내가 강의를
할 때 썼던 예전의 군복 창고에서 나를 향해 활기차게 다가
왔다. 그녀는 환한 얼굴로 말했다.
　「저는 톰스크에서 온 루드밀라 피들러라고 해요. 사람들이
선생님을 도와 이곳에 이주해 온 사람들의 어려운 일, 특히
관청에서 쓰는 독일어를 보다 잘 이해할 수 있게 하라고 저
를 보냈어요.」
　대개가 늙은 남자나 여자들로서 끈기 있게 초콜릿을 우물
대며 속으로 흐뭇해 하는 겸손한 태도로 나의 생활독일어 강
의를 경청하고 있는 18명의 제자들이 보는 앞에서 나는 그녀
를 맞이했다. 우리의 긴 악수의 손길에서 나는 그녀가 특별
한 어려움을 뒷받침해 줄 조교에 머물지 않을 것임을 진작부
터 알았다. 그녀의 새까만 짧은 머리는 그녀의 녹옥석 빛깔
의 눈동자와 묘한 대조를 이루었다. 뺨이 좀 큰 그녀의 얼굴
에는 꿈꾸는 듯한 영리한 표정이 서려 있었다. 그녀의 얼굴
은 햇살을 받아 속에서 불을 지피는 듯 은은하게 타올랐다.
루드밀라는—나의 추측이 맞았다. 그녀는 갓 스무 살이었

다—베이지색의 꽉 끼는 옷을 입고 있었다. 그녀의 옷에는 수많은 투구풍뎅이들이 장식으로 날아다녔다. 나중에 알았지만 그 투구풍뎅이는 그녀가 가장 좋아하는 풍뎅이 종류였다. 아름다움이라는 것이 완벽한 것에서 무언가가 부족함으로써 증명되고—또 그로써 매력이 더해지는 것이라면 루드밀라는 이런 조건까지도 갖추고 있었다. 왜냐하면 그녀의 아름다움은 그녀의 치아에 의해 손상을 입음으로써 완벽에서 좀 부족했기 때문이다. 그녀의 치아는 작고, 쥐 이빨처럼 독특하게 뾰족하게 생겼던 것이다.

그녀의 도움을 받아가며 한 나의 강의시간은 유쾌하게 지나갔다. 나는 나의 수강생들에게 일반적인 항고권에 대해서 설명해 주었으며 그들이 관청이나 대중교통 수단 그리고 레스토랑에서 따져야 할 상황이 되었을 때 사용할 여러 가지 어법들을 자세히 가르쳐 주었다. 그러면 그들은 신기한 표정으로, 신기하면서도 즐거운 표정으로 나의 말에 귀를 기울였다.

내가 그들에게 우리의 임대차법에는 나름대로 독특한 점이 있다는 사실을, 주거법과 영업법이 있다는 사실을 그리고 애매한 경우에는 주거유용판결법이 있어 우리가 집에서 무슨 일은 해도 되고 무슨 일을 해서는 안 되는지에 대해서 결정한다는 사실을 설명하자 나이가 아주 많은 한 노인이 예컨대 집에서 자기 자신의 것과 이웃사람의 신발을 수선하는 것은 허용되는지에 대해서 물었다. 루드밀라는 지금까지와 마찬가

지로 그의 집에서 자신의 모든 신발을 수선할 수 있노라고
위로의 말을 건네주었다. 다만 예전처럼 그의 집으로 마을
사람들이 모두 신발을 들고 찾아올 때엔 허가를 받아야 한다
고 말했다.

루드밀라가 그들에게 질문을 하라고 거듭 용기를 북돋았지
만 그들은 거의 질문을 하지 않았다. 그리고 그들이 특유의
당혹한 표정으로 약간의 질문을 할 때마다 나는 속으로 많은
감정을 느꼈다. 그것을 보고 나는 다른 세계에서는 모든 것
을 인내로써 견디며 살아야 한다는 사실을 알았다. 루드밀라
는 강의에 활력을 불어넣었다. 그녀의 독일어 어휘는 풍부했
지만, 문법적인 오류가 전혀 없는 것은 아니었다. 그녀는 스
스로 그 사실을 알고 있는 것 같았다. 그래서 대담한 표현을
쓸 때마다 그녀는 자주 나를 향해 묻는 듯한 표정으로 쳐다
보며 그녀의 아름다운 이마에 주름을 지었다.

강의가 끝난 후 우리는 다음 시간에 강의할 테마에 대해서
이야기를 나누기 위해서 타일을 깐 복도에 서 있었다. 그때
여우가죽을 안감으로 댄 외투를 열어젖힌 채 한 뚱뚱한 남자
가 거침없이 우리를 향해 다가왔다. 그는 세르게이 바실예프
비치 피들러, 바로 루드밀라의 아버지였다. 그는 키가 나보
다 머리 하나는 더 컸으며 가슴이 쩍 벌어져 있었다. 그의 왼
쪽 귀는 위쪽 반이 잘려나가고 없었다. 그는 내게 인사를 하
는둥 마는둥 하고 나서—대뜸 그리고 좀 화가 난 듯이—루드
밀라 쪽을 향해 지금 집에서 생일잔치 준비를 하는 데 얼마

나 일손이 달리는지 아느냐고 말했다. 루드밀라는 까치발을 들고서 그에게 키스를 했다. 그녀는 그의 손을 잡아 자기 뺨에 갖다 문질렀다. 그런 다음 그녀는 약간 나무라는 투로 이렇게 말했다.

「소개해 드릴까요? 여기는 나의 아버지이신 지질학자이자 사냥꾼 세르게이 바실예프비치 피들러이고, 이쪽은 작가이신 하인츠 보레티우스 씨예요. 현재 교수로 있구요.」

그 지질학자이자 사냥꾼은 나를 의심스런 눈초리로 훑어보았다. 그는 그녀와 나를 번갈아 쳐다보고 나서 무언가를 생각하는 것 같았다. 그는 이번엔 허리를 굽혀 인사를 하면서 그의 아내 올가의 생일잔치에 와달라고 내게 초대의 말을 하였다. 루드밀라가 나를 향해 어서 승락하라는 투로 눈을 찡긋했기 때문에 나는 그러겠다고 말했다. 오후에 나는 선물용 바구니를 사서, 무엇보다도 롤햄, 코냑, 붉은 포도주, 저장용 소시지, 혼합야채 샐러드가 든 캔 따위로 채워넣었다. 판매원이 내게 「영수증을 끊어드릴까요?」라고 물었기 때문에 나는 그렇게 하라고 말했던 것이고, 또 경험이 많은 나의 동료 위대한 라자레크가 한 충고가 생각나서 그것을 수명이 다한 구두상자 속에다 보관해 두었던 것이다.

피들러 일가가 묵고 있는 방을 찾아내는 일은 별로 힘이 들지 않았다. 복도 끝에서 들려오는 왁자지껄한 소리와 루드밀라 아버지의 것이 분명한 너털웃음 소리가 내게 어디서 생일잔치가 열리고 있는지 말해 주었기 때문이다. 내가 몇 번

노크를 한 끝에 그 지질학자이자 사냥꾼이 나와 문을 열어주었다. 그는 내게 눈짓을 보내더니 나의 뺨에다 격하게 키스를 퍼부었다. 그 바람에 나는 선물 바구니가 떨어지지 않도록 애를 써야 했다. 보다 안전한 자세를 취하려고 낑낑대고 있는데 루드밀라의 나무라는 듯한 목소리가 들려왔다.

「아버지, 우리는 지금 독일, 함부르크에 와 있는 거예요.」

그녀는 나의 팔을 잡고서 기분이 들떠 있는 이웃방 사람들—그 중 몇몇은 나의 수강생이었다—을 헤치고 나를 한쪽 구석 창가로 끌고갔다. 그곳에 그날의 주인공이 앉아 있었다. 툰드라의 바람에 무두질을 당해 나이를 가늠할 수 없는 다정한 얼굴이 나를 향해 고개를 들었고, 코바늘 뜨개질로 뜬 갈색 식탁보를 걸친 육중하고 둥글게 휜 등은 앞으로 구부러져 있었으며 두 개의 짧은 팔은 선물을 받아 들려고 나를 향해 뻗고 있었다. 그것은 루드밀라의 어머니인 올가였다. 루드밀라는 그녀의 몸 위로 허리를 굽혀 귀에다 대고 이렇게 소리쳤다.

「엄마, 이분이 보레티우스 교수님이에요.」

「교수는 아닙니다. 임시직 선생이지요.」

나는 그렇게 말하고 나서 루드밀라의 어머니에게 생일을 축하한다고 말했다. 그 다음 나는 그녀가 아무 말 없이 바구니에 있는 물건들을 끄집어내 그것들을 하나씩 창백하고 호리호리한 체격의 남자에게 건네주는 모습을 바라보았다. 그 사람은 이고르, 바로 루드밀라의 오빠였다.

생일을 맞은 장본인은 술을 마시지 않았다. 그렇지만 손님들은 그녀의 건강을 위하여 여러 번 술잔을 부딪쳤다. 가장 많이 술잔을 부딪친 사람은 루드밀라의 아버지였다. 그는 예외 없이 나와도 몇 번 술잔을 부딪쳤다. 루드밀라는 오이피클을 갖다주는 등 나에게 많은 신경을 써주었다. 내가 어디로 가든 그녀의 정성어린 눈길이 내 뒤를 좇았으며, 눈길이 마주칠 때마다 내게 미소를 지으며 마치 나와 무슨 공모라도 하는 듯이 고개를 끄덕였다. 나는 지금까지 한번도—거기에 대해서는 일말의 의심도 없다—루드밀라 같은 아가씨를 만나보지 못했다. 그녀의 아버지는 내가 그녀에게 얼마나 반해 있는지 눈치를 챈 모양이었다. 그리고 그것을 나쁘게 여기지 않았던지, 아니면 심지어 그것을 아주 기분 좋게 생각했는지 그는 내게 그가 자랑스럽게 생각하는, 루드밀라의 감추어진 몇 가지 면을 보여주겠다고 했다. 그는 옷장 속을 마구 뒤적거리며 욕설을 늘어놓다가 다행스럽게도 마침내 그가 찾던 물건을 찾아냈다. 그는 바로 두 장의 사진을 내 앞에 내밀었다. 그 중 하나는 깡총한 발레용 치마를 입고 있는 다리가 가는 12살 가량 된 소녀의 모습이었고, 또 다른 사진에서는 토실토실하게 살이 찐, 옷을 잔뜩 껴입은 한 소녀가 주낙을 이용하여 얼음구멍에서 방금 끄집어낸 굉장히 큰 메기 한 마리를 높이 쳐들고 있었다.

「이것도 루드밀라고, 여기도 루드밀라지요.」 잠시 후 그가 말을 꺼냈다. 「여기 이거는 군의관 학교에서 첫 무용발표회를 갖기 직전에 찍은 것이고, 이것은 큰 강줄기인 오브의 지류인 언 츌림 강에서 큰 물고기를 들고 찍은 거지요.」

나는 그처럼 애정이 듬뿍 담긴 눈길로 사진을 보는 사람을 여태껏 보지 못했다.

쥐죽은 듯한 정적으로 인해 나는 갑자기 불안해졌다. 부엌 쪽에서는 바스락 소리도 바닥을 비비는 신발 소리도 한숨 소리도 들려오지 않았다. 퓌츠만이 아직 그곳에 있기는 있는 걸까? 아니면 서류를 검토하다가 너무나 어이가 없는 것을 발견하고서 말을 잃은 것일까? 나는 그렇게 자문해 보았다. 몹시 걱정이 되어 자리에서 일어나 문 쪽으로 살금살금 다가가 문틈을 약간 더 벌리려는데, 그가 내 쪽으로 몸을 돌리지도 않은 채 내게 가까이 오라고 하는 것이었다. 그는 오류가 있는 영수증을 하나 손에 들고 있었다. 음식점 〈춤 둑달벤〉에서 끊어준 영수증이었는데, 거기에는 나의 서명뿐만 아니라, 내가 점심을 사준 손님의 정확한 직업명도 적혀 있지 않았다. 다소 안심한 뒤 나는 그 영수증에 서명을 하고서 식사초대에 대한 부가설명을 적었다. '마퀜젠-막사 통역사들과의 프로그램 회의와 의견조정 관계를 위한 것임.' 퓌츠만은 그것을 읽어본 후 내게 곧 또 다른 두 장의 택시 영수증에도 서명을 해달라고 내밀었다. 그는 만족해 하는 것 같았다.

「질문이 있으시면 언제든지 불러주십시오.」

내가 말했다.

그는 대답은 않고 계속해서 영수증 꾸러미만 들여다보았
다. 마치 영수증들을 향해 자백을 요구하려는 것 같았다.

다음번 강의를 함께 마친 후 곧 나는 루드밀라를 〈춤 둑달
벤〉에서 피에트 플레잉후스가 주선한 식사에 초대를 했다.
그녀는 나의 초대를 지체 없이 수락했다. 그러면서 내게 그
녀 가족의 임시거처로 같이 가자고 했다. 가족들에게 나갔다
온다는 인사를 하겠다는 것이었다.
「우리는 밖에 나갈 때면 늘 이렇게 작별 인사를 해요.」
그녀가 내게 설명했다. 그녀는 침대 위에 걸터앉아 무언가
를 기다리고 있는 어머니, 오빠 그리고 아버지에게 키스를
했으며, 막사에 있는 그들 방으로 찾아들어 온 새빨간 빛깔
의 늙은 고양이도 쓰다듬어 주었다. 그리하여 그녀는 이윽고
출발준비를 마쳤다.
피에트와 그의 손님들—두서넛의 출판사 직원들과 저널리
스트들 그리고 그곳에 정기적으로 모이는 몇 명의 해양기상
청 사람들—은 루드밀라가 이리저리 나는 투구풍뎅이 문양이
박힌 베이지색 옷을 입고 그곳에 나타나자 놀란 눈길로 평소
보다 오랫동안 그녀를 쳐다보았다. 나를 아는 사람들은 좀
망설이면서 내게 인사를 보냈다. 창가에는 앉을 자리가 없었
다. 피에트가 우리에게 손짓하여 카운터 바로 옆에 있는 테
이블로 오라고 했다. 그는 우리에게 감자 샐러드를 곁들인
청어꼬치를 먹어보라고 권했다. 그는 루드밀라를 향해 아주

다정하게 환영의 뜻을 표했다. 그때 내가 말했다.

「이 숙녀는 아주 먼 곳에서 왔습니다. 톰스크라는 곳이지요.」「톰스크라」, 피에트가 말을 반복했다.「톰스크, 그건 시베리아에 있는 지역 아닌가요? 우리 조부께서 그곳에 계셨지요. 가시고 싶어서 가신 건 아니지만요. 많은 강과 많은 늪 그리고 숲들, 숲들뿐이지요. 조부께서는 숲을 벌목하는 일을 도우셨지요.」

「그래도 남쪽에는 아름다운 산들도 있어요.」루드밀라가 말했다.「알타이 산맥 말이에요.」

「나의 조부께서는 늘 이렇게 말씀하셨지요. '시베리아는 멀리서 보면 아주 아름답단다.'」

피에트는 그렇게 대꾸하면서 우리의 음식을 시키기 위해 주방 창문 쪽으로 몸을 돌렸다.

루드밀라는 항의하지 않았다. 그녀의 조상들은 자유 의사로 시베리아로 간 것이었다. 그녀는 이렇게 이야기했다.

「지금으로부터 200년 전쯤 우리 조상들은 차르의 부름을 받았지요. 지세가 활달한 그 지역으로 이주하여 땅을 개간하고 중고등학교와 종합기술학교를 세우고 땅 속에 잠들어 있는 보물들을 캐라는 것이었어요.」그녀는 이어서 이렇게 말했다.「그곳보다 더 아름다운 고장은 없을 거예요. 산들, 큰 강들 그리고 숲에는 짐승들, 많은 모피 가죽 짐승들이 있어요.」

「하지만 당신들은 돌아왔어요.」내가 말했다.「결국은 돌아왔어요.」

「이웃사람들이 이젠 우리를 원치 않아요.」루드밀라가 말했다.「그들은 우리가 독일어를 사용하며 독일식으로 사는 것을 원치 않아요. 우리가 완전히 자치적으로 살려고 하자, 그들은 독일인 거주지역을 불태워버리겠다고 위협했어요. 아마도 우린 시베리아에서 살 만큼 산 것 같아요. 아버지가 그렇게 말씀하셨어요. 아버지께서는 이주 신청을 내셨어요. 그러나 우리의 푸른 숲 속 친구들은 울었어요.」

식사 중에 나는 그녀에게 지나가는 말로 앞으로 무슨 일을 할 것인지에 대해 조심스럽게 물어보았다. 나는 이곳에서는 모든 사람이 계획을 갖고 삶의 목표를 향해 똑바로 나아가야 한다는 인상을 그녀로 하여금 갖게 하고 싶지 않았다. 그랬기 때문에 나는 그녀가 이미 결단을 내렸으며 앞으로의 자신의 인생 설계를 해놓았다는 사실을 알고 적지 않게 놀랐다. 그녀의 아버지가 내게 보여주었던 사진을 떠올리고서 나는 물었다.

「발레를 할 건가요?」

「아뇨, 아니에요.」그녀가 웃으면서 말했다.「발레는 다시는 안 해요. 어렸을 때부터 발레를 배웠어요. 아무 일도 없었으면 발레를 계속했을 거예요. 그런데 그 후 불행한 일을 당했어요. 사냥을 하던 중이었지요.」

「불행한 일이라니요?」

내가 물었다.

「오, 겨울이었어요. 늑대 떼가 나타났지요. 새끼 늑대 한 마리가 나를 두 번 물었어요. 한 번은 어깨를 물었고 또 한 번은 여기를 물었어요.」그녀는 그녀의 엉덩이 위를 쓰다듬었다. 「그 짐승은 벌을 받았어요」「아뇨, 다시는 발레를 하지 않을 거예요」라는 말을 반복할 때에도 그녀의 얼굴에는 애수나 슬픔의 기색은 보이지 않았다.

「통역 일을 하는 건 어때요?」내가 말했다. 그것은 호의에서 나온 충고였다. 「세계는 갈수록 하나가 되어 가고 있어요. 서로간의 종속성이 더욱 커지고 있어요. 내가 크게 잘못 본 것이 아니라면 앞으로 곧 위대한 통역사의 시대가 올 겁니다. 곧 우리는 엄청난 인원의 통역사를 필요로 할 겁니다. 당신은 벌써 두 가지 말을 구사할 줄 알잖아요. 거기에다가 희귀하고 어려운 언어를 두 가지 더 배워둬요. 그러면 미래는 당신의 것이 될 겁니다.」

루드밀라는 그녀의 작고 뾰족한 치아를 드러내 보이며 우아한 동작으로 청어가시를 빼냈다. 살며시 미소를 머금으며 그녀는 이렇게 말했다.

「우리가 살던 곳에서 나는 가족을 위해 꿀채집가 노릇을 했어요. 우리가 살던 숲에는 많은 종류의 야생 꿀벌이 있었어요. 그곳의 벌들은 전나무꿀과 늪에서 피는 꽃으로 꿀을 만들었어요. 벌집은 잘 보이지 않는 곳에 은폐되어 있었어요. 그러나 새 한 마리가 그것들이 어디에 있는지 내게 알려주었어요. 새는 늘 내 앞에서 날아갔어요. 조그만 딱따구리였어요. 당신도 알죠? 꿀을 채집하는 것이 내겐 너무나 큰 즐거움이었어요. 나는 벌들과 말이 잘 통했어요.」

그녀는 묻는 듯한 눈길로 나를 쳐다보았다. 그렇지만 나는 어디까지 그녀의 말을 믿어야 할지 몰랐다. 내가 약간 미심쩍어한다는 사실을 알아차린 듯 그녀는 다음 같이 말을 이었다.

「보세 모이, 이젠 돈을 벌고 싶어요. 돈을 많이 모으면 나는 꿀벌을 살 거예요. 시베리아 벌이 아니라 유능한 독일 일벌을 말이에요. 어쩌면 당신한테 꿀을 대줄 수 있을지도 모르겠군요, 보레티우스 씨.」

식사가 끝난 후 그녀는 청어에서 감자에 이르기까지 그녀가 먹은 음식을 하나도 빼놓지 않고 열거하면서 내게 고맙다고 말했다. 그리고 그녀는 피에트에게도 감사의 인사를 했다. 피에트는 그녀에게 곧 다시 한번 초대하겠노라고 말했다.

잘 가라는 인사를 들으면서 우리는 밖으로 나왔다. 세찬 바람이 불어 우리 얼굴을 향해 빗줄기를 때려댔다. 루드밀라는 내 손을 더듬어 찾았다. 손을 잡고서 우리는 지하철 정거장 쪽을 향해 걸음을 재촉했다. 허리를 구부리고 고개는 파묻은 채 서둘러 앞으로 나아가던 우리는 하마터면 어느 신발 가게 차양 앞에 서 있던 유모차와 느닷없이 충돌할 뻔했다. 꼴이 말이 아닌 한 늙은 도시 부랑녀가 유모차의 손잡이를 잡고 있었는데, 유모차 안에는 비닐봉지들, 맥주깡통 그리고

유리잔 등이 가득 실려 있었고—위쪽에는 알누미늄 냄비가
줄로 꽉 묶여져 있었으며—유모차 옆에는 공구가 매달려 달
랑댔고, 유모차 밑에는 장난감 삽이 실려 있었다. 그 여자는
꼼짝 않고 신발가게의 진열품들을 쳐다보고 있었다. 루드밀
라가 그 유모차에 실려 있는 야릇한 물건들을 더욱 자세히
들여다보며 내게 거기 있는 모자걸이를 손가락으로 가리켰을
때에도 그녀는 우리에게 관심을 보이지 않았다. 갑자기 루드
밀라가 내게서 손을 빼냈다. 혼자서 가게로 오르는 계단을
올라간 그녀는 가게 주인과 흥정을 했다. 흥정을 하면서 그
녀는 여러 번 내 쪽을 손가락으로 가리켰다. 이윽고 그녀는
가죽을 댄 흰 나무샌들 한 켤레를 손에 들고 나타났다. 그녀
는 나무샌들을 그 여자의 발 아래 놓았다. 루드밀라는 비에
젖어 지저분해진, 한때 파란색이었을 구멍이 난 천신발을 가
리키면서 좀 초조한 듯한, 하지만 여전히 다정한 몸짓으로
어서 신발을 갈아신으라고 했다. 그녀가 신발을 갈아신는 장
면을 보지 않기 위해 내가 루드밀라의 손을 잡아끌고 가려고
하는데, 루드밀라가 내게 이렇게 속삭였다.
　「잔돈을 마저 계산해야 해요. 내 수중에 돈이 별로 없었거
든요. 보레티우스씨, 부탁해요.」

　전화벨이 울렸다. 나는 얼른 수화기를 들었다. 이 세상에
서 루드밀라의 목소리보다 듣고 싶은 것은 내게 아무것도 없
었기 때문이다. 그러나 전화가 걸려온 곳은 퓌츠만의 사무실

이었다. 한 정중한 목소리의 남자가 방해해서 죄송하다고 사과하면서 퓌츠만 씨와 통화할 수 있게 해달라고 부탁했다. 나는 부엌의 탁자를 향해 갔다. 탁자 위에는 나의 경제적인 내면생활이 모두 백일하에 드러나 있었다. 분류되고, 포개져 쌓이고, 체크 표시가 되어 나의 실존의 증거물들이 한데 모아져 있었다. 그것들이 퓌츠만에게 밝힌 사실들은 그의 메모장에 모두 적혀 있었다. 수열들로 가득 찬 메모장을 보자 겁이 났다.

「전화왔습니다.」

내가 말했다. 그는 사무실에서 그를 여기서까지 찾는다는 사실에 별로 놀라는 것 같지 않았다. 그가 내 책상에 앉아 지금까지 살펴본 문제시되는 사항들에 대해서 전화로 설명하고 있는 동안 나는 샤토 라피트 82 포도주 5병에 대한 영수증을 발견했다. 영수증에는 나의 서명이 되어 있었다. 나는 포도주를 구입한 데 대한 해명으로 '이주자들이 가족적인 분위기 속에서 중간시험을 치르게 하기 위해서'라고 말했던 것이다. 한순간 나는 그 영수증을 치워버려야 하는 게 아닌가 하는 생각으로 흔들렸다. 왜냐하면 포도주 세 병이 여전히 내 책상 옆에 세워져 있었기 때문이다. 퓌츠만이 몸을 약간만 옆으로 수그려도 그것들을 발견할 위치에. 하지만 그가 벌써 수화기를 내려놓았기 때문에 나는 그 일을 그만두었다.

「나쁜 일은 아니겠지요?」

그렇게 물으면서 그에게 뜨거운 커피를 따라주었다.

　나는 다시 그에게 부엌을 맡겨두고, 책상으로 돌아와 참고 서적들을 꽂아놓은 서가의 덮개 속에다 술병들을 하나씩 집어넣었다.

　루드밀라는 샤토 라피트 82 포도주를 좋아하지 않았다. 그녀는 포도주를 반 잔 정도만 마신 뒤 내가 일할 때 마시곤 하는 묽은 당근즙을 마셨다. 그녀는 나를 찾아왔었다. 그녀는 내가 읽어주는 책을 들을 준비가 되어 있었다. 왜냐하면 내가 그것을 구실로 해서 그녀를 내 집으로 초대했기 때문이었다. 내 집에 들어서자마자 그녀는 신발을 벗고서 나의 부엌 쪽을 그리고 부엌과 인접해 있는 지하실 쪽을 흘낏 쳐다보고는 침대 겸용 소파에 책상다리를 하고서 앉았다. 그녀는 손가락으로 위쪽을 가리켰다. 그곳은 선장 브로더젠의 집이었다. 그녀는 그 늙은이가―그녀는 그를 분명 본 것 같았다―창문에 진열해 놓았던 물건들을 모두 팔아버렸는지 궁금해 했다.
　「그것들은 그 선장이 위대한 항해에서 가져온 기념품들입니다.」
　내가 말했다.
　「그가 만일 톰스크에 갔더라면 다른 것을 가져왔을 거예요.」 그녀가 말했다. 「아마도 설원에 사는 여우나 잘 다듬은 희귀한 광석, 아니면 운이 좋으면 선사시대 짐승의 알을 가져왔을지도 모르죠.」

나는 그녀에게 포도주와 곁들여서 올리브 열매를 먹으라고
권했지만, 그녀는 둘 다 좋아하지 않았다. 그리스 산 염소 치
즈만 좋아했다. 얼굴을 들고서 기대에 찬 표정으로 꼼짝 않
고 앉아 있는 것이 그녀는 전혀 힘이 들지 않는 모양이었다.
내가 그녀에게 나의 집이 마음에 드느냐고 묻자 그녀는 고개
만 약간 끄덕여 보이고 나서, 이 연립주택에는 선장 외에 얼
마나 많은 사람들이 살고 있는지 궁금해 했다.

「그 사람 외에는 딱 한 명의 젊은 사람이 살고 있어요.」내
가 말했다.「그 사람은 맨 꼭대기에 살고 있는데, 동물원 사
육사지요.」

「그러면 여자는 단 한 사람도 없나요?」

루드밀라가 물었다. 그녀의 목소리에는 안됐다는 듯한 기
색이 배어 있었다. 내가 그냥 어깨만 으쓱해 보이자, 그녀는
설명조로 이렇게 덧붙였다.

「우리와 살던 사모예덴 족들은 여자란 그들을 위한 가장
멋진 난로라고 말했어요.」

「기온이 영하로 내려가다 보니 별 비유가 다 나오는군요.」
내가 말했다.

대형 스탠드 불빛 아래 원고를 베개 위에 올려놓고서 나는
겨우 세 번 고쳤을 뿐인, 미발표 단편소설「판사의 시간」을
그녀에게 읽어주었다. 나는 글을 읽어주겠다는 나의 약속을
그냥 없던 일로 넘겨버리고 싶었다. 하지만 루드밀라가 내가
했던 제안을 상기시켜 주었다. 그래서 나는 어쩔 수 없이 그

녀에게 빅토르 빌크 이야기를 들려주었다. 빅토르 빌크는 그와 친한 장관의 강력한 추천으로 그 고장의 가장 높은 위치의 재판관의 지위에 올라 명망이 높을 뿐만 아니라 훌륭한 판결로 사람들의 입에 자주 오르내리는 사람이었다. 그를 추천했던 장관이 어느 날 중대한 범죄를 저지른 혐의로 고소되자, 빅토르 빌크가 재판장을 맡게 되었다. 그는 보은과 판결은 별개의 문제라는 확신 아래 그 역할을 맡았다. 편파적으로 판결을 하라는 천진난만한 그의 부인과 재판관 사이에 벌어지는 대화를 읽는 동안 나는 한번 루드밀라 쪽을 슬쩍 넘겨다보았다. 그녀는 잠이 든 것 같았다. 그녀의 몸은 흐트러져 보였고, 그녀의 두 눈은 감겨 있었다. 그녀의 얼굴에는 탈진한 듯한 기색이 엿보였다. 그리고 나서도 나는 몇 문장을 더 읽었다. 그러다가 나는 느닷없이 읽기를 그쳤다. 그녀가 도대체 내가 읽는 것을 듣고 있는지 확인하기 위해서였다.

그녀가 천천히 눈을 떴다. 무엇인가로 인해 괴로워하는 것 같았다. 먼 옛날에 겪은 기억 같은 것으로. 그 생각에 얼마나 빠져 있었던지 그녀는 내가 원고를 옆으로 치울 때에도 아무 말도 하지 않았다.

「무슨 기분 나쁜 일이라도 있어요?」

내가 물었다.

루드밀라는 괜찮다는 몸짓을 하면서 이렇게 말했다.

「자꾸만 오빠 생각이 나서요. 오빠의 이름도 빅토르였거든요. 나보다 나이가 많았지요. 오빠는 내 말을 믿지 않았어요.」

　그녀는 몸을 일으켜 세웠다. 그녀의 몸은 무언가를 엿듣는 듯한 자세를 취했다. 알아듣기가 힘들 정도로 그녀는 조용조용하게 말했다.

　「오빠는 한번도 내 말을 믿지 않았어요. 그는 엄청난 불신주의자였거든요. 한번은 사람들이 눈 한쪽이 먼 사냥매를 내게 가져왔어요. 단단하고 뾰족한 숲으로 떨어지는 바람에 한쪽 눈이 멀게 된 것이었어요. 그땐 그 새는 전혀 기력이 없었어요. 빅토르는 그 새가 다시는 날지 못할 거라고 말했지요. 그렇지만 나는 새에게 먹이를 잘 주었어요. 사람들은 가끔 내게 짐승들을 가져왔고, 그것들은 내 곁에서 다시 건강을 되찾곤 했거든요. 새끼 다람쥐, 다리가 부러진 여우 등등, 거의 모두가 말이에요. 사냥매가 기력을 완전히 회복했을 때, 나는 매를 들고 강가로 가서 매에게 이렇게 말했어요. ‘자 이제 날아가라, 하늘로 날아가.’ 그러자 매는 정말 하늘로 날아갔어요. 그것을 난 내 눈으로 똑똑히 보았어요.」

　루드밀라는 잠시 말을 멈추었다. 그녀는 무릎 위에 올려져 있는 자신의 두 손을 내려다보았다.

　「빅토르는 내 말을 믿지 않았어요. 그는 단 한번도 내 말을 믿지 않았어요. 그는 굳이 이렇게 말했어요. ‘네 새는 날아가다 떨어졌어. 그걸 너한테 증명해 보이겠어.’ 그는 그렇게 말하고 나서 껄껄껄 웃으면서 집을 떠나 새를 찾아나섰어요.」

　「새를 발견했나요?」

내가 물었다.

「빅토르는 다시는 돌아오지 못했어요.」 그녀가 말했다. 「개들이 숲으로 난 그의 흔적을 뒤쫓았어요. 하지만 드넓은 츌륌 강가에 이르러 개들은 그의 냄새를 더 이상 찾지 못했어요.」

나는 그녀 옆으로 다가앉았다. 그리고는 슬며시 그녀의 손을 잡았다. 그녀가 놀라면 곧 손을 풀 생각으로. 그렇지만 그녀는 그걸 거의 눈치채지 못했거나, 아니면 그걸 당연한 듯이 받아들이는 것 같았다. 우리는 바싹 붙어 앉아 있었다─「판사의 시간」을 이야기할 계제가 아니었다. 그녀는 나중에도 나의 그 작품에 대해서는 한번도 언급하지 않았다. 그녀를 위로하려는 생각에서, 아니 그녀를 동정하는 뜻에서라도 나는 우리의 침묵을 더 이상 방치하고 있을 수 없었다. 그래서 나는 이렇게 말했다.

「루드밀라, 나 같았으면 당신을 믿었을 거예요.」

그녀의 두 눈 깊은 곳에서 섬광 같은 것이 반짝였다. 그녀의 상체가 내 쪽으로 기울어졌다. 그리고 거의 느껴지지 않을 정도로 아주 부드럽게 그녀는 얼굴을 내 어깨에 갖다 묻었다. 자꾸만 내 머릿속에는 그렇게 앉아 있는 우리의 모습이 꼭 선장 브로더젠의 창가에 놓인, 무척이나 행복한 듯한 표정을 짓고 있는 한 쌍의 아시아 채색 인형 같다는 생각이 들었다.

나는 그런 자세로 하염없이 앉아 있고 싶었다. 하지만 그때 느닷없이 창문을 두드리는 소리가 들렸다. 우리는 깜짝 놀라 일어나면서 창 쪽을 쳐다보았다. 창 밖에는 팀이 쪼그리고 앉아 있었다. 늦은 시간에 내게 올 때 늘 그랬듯이 그는 라이터를 켜서 얼굴 앞에 바짝 대고 있었다. 나는 그에게 안으로 들어오라고 손짓했다. 그가 등장하자 집안의 분위기가 금세 바뀌었다. 그는 통가죽잠바와 청바지와 굽이 높은 카우보이 신발을 신고 있었다. 이마 위로 조금 흘어져내린 철사줄 같은 짧은 금발머리, 힘줄이 불거진 목덜미 그리고 떡 벌어진 어깨 등으로 볼 때 그는 꼭 로마의 전차병 같았다. 나는 두 사람을 서로에게 소개했다.

「여긴 내 친구 팀 부르쿠스이고, 이쪽은 루드밀라 피들러야.」

그는 루드밀라를 나의 집에서 마주치게 된 것을 별로 의아하게 생각하는 것 같지 않았다. 그는 마침 음식점 〈둑달벤〉 옆을 지나다가 우리가 그곳에서 나오는 것을 이미 본 적이 있다고 했다. 그는 과장되고 좀 꾸민 듯한 예의를 차려 그녀에게 인사를 했다. 그러더니 그는 부엌에 가서 유리잔을 하나 가져와 샤토 라피트 82 포도주를 따라마셨다. 그는 그녀가 여대생이나 저널리스트라고 생각하는 것 같았다. 왜냐하면 그가 이렇게 말했기 때문이다.

「하던 인터뷰나 조용히 끝내요.」

그렇게 말하면서 그는 『슈피겔』 최신호를 얼른 집어들고 부엌 쪽으로 도망치려고 하였다.

나는 그에게 그냥 있으라고 말했다. 나는 그에게 루드밀라가 어디에서 왔으며, 그녀와 그녀의 가족들이 어디에 묵고 있는지 그리고 독일계 이주민들을 대상으로 한 강의시간에 그녀가 무슨 일을 하는지 따위를 설명해 주었다. 팀은 포도주를 새로 한 잔 가득 따랐다. 그때 그는 포도주를 칭찬하는 일을 잊었다. 그는 주의가 분산되어 있었다. 루드밀라를 그의 두번째 여조교로 쓸 의사가 없느냐고 물었을 때야 그는 다시 정신이 돌아왔다. 그러자 그는 서슴없이 그녀의 몸을 위 아래로 훑어보았다. 그 바람에 루드밀라는 당혹해 했다. 그러자 그녀는 그것을 좀 말려달라는 듯한 눈빛을 내게 던졌다. 그녀를 안심시키기 위해서 나는 이렇게 말했다.

「이 친구는 미식가들을 위한 시험용 부엌을 운영해요. 당신은 그걸 알아야 해요. 이 친구는 유명한 사진작가지요. 아주 대담한 메뉴를 고안해서 그것을 사진으로 찍는 거예요. 사람들이 먹지 않고는 못 배길 정도로 보이게 사진을 찍지요. 그가 찍은 사진들은 몇몇 화보전문잡지에 〈새로운 식도락〉 또는 〈식도락가를 위한 이 달의 정보〉라는 란에 선을 보입니다.」

그러자 팀은 그렇지 않다는 손짓을 했다. 그는 '반반이지요'라고 속으로 중얼거렸다.

「우리 같은 사람들이야 상상력을 동원해서 일반 사람들의 입맛을 좀 돋워주는 일을 할 뿐이지요.」

루드밀라가 남의 눈에 띄지 않게 그녀의 신발을 발가락으로 걸어 올리려고 하는 동안, 나는 이렇게 말했다.

「그녀에게 기회를 한번 줘봐. 나를 봐서라도. 게다가 루드밀라는 사전지식까지 갖추고 있어. 그녀는 꿀 전문가야.」

「양봉가인가 보지?」

팀이 재미있어 하는 얼굴로 물었다.

「야생벌 말야.」 내가 말했다. 「그녀가 살던 시베리아 숲에서 그녀는 야생벌 전문가였어. 그래서 그녀는 이곳에서 꿀벌을 몇 통 사서 기르려고 생각하고 있어. 그렇지 않아요, 루드밀라?」

「어쩌면요. 만약 그게 가능하다면 나는 독일 꿀벌을 길러보고 싶어요.」

「그녀를 우선 시험적으로 한번 써보지 그래.」 내가 말했다. 「네 미카엘라도 분명 그것에 대해 반대할 것 같지 않은데.」

그렇듯 강력하게 루드밀라에게 한번 기회를 주라고 그에게 부탁을 했지만 팀은 결정을 내릴 수도 없었으며 또 결정을 내리려고 하지도 않았다. 적어도 그가 내 집에 있는 동안은. 하지만 그는 그녀를 그녀의 집으로 보내고 난 뒤—마켄젠 막사는 그의 집으로 가는 길에 있었다—늦은 시간임에도 불구하고 내게 전화를 걸어왔다. 그는 흥분해 있었다. 루드밀라의 소박한 아름다움, 즉 그녀의 모습에 감동한 모양이었다. 그는 내게 소개해 주어서 고맙다고 말했으며, 벌써 시험촬영을 해보았다고 고백했다.

「산정호수야.」

그가 느닷없이 말했다.

내가 「산 뭐라고?」라고 묻자 그는 이렇게 말했다.

「그녀의 두 눈을 보고 있으면, 외로운 산정호수를 들여다 보고 있는 듯한 느낌이 든다구.」

내가 말했다.

「팀, 네가 그녀에게 기회를 주어서 기쁘다. 그녀는 돈이 정말로 필요해.」

「걱정하지 마.」 팀이 말했다. 「루드밀라는 굉장히 좋은 반응을 불러일으킬 거야. 그녀는 출세할 거라구. 그녀에겐 속에서 뻗쳐나오는 힘 같은 것이 있어. 그녀같이 생긴 사람이 호박을 자르면, 누구나 곧 성스러운 행동을 보고 있다고 생각할 거야.」

내가 한참 작업 중이라고 생각했는지 퓌츠만은 조심스런 목소리로 물었다.

「보레티우스 씨?」

내가 금방 대답을 하지 않자 그는 더 큰 목소리로 물었다.

「보레티우스 씨?」

나의 소득을 기재한 장부가 그의 앞에 펼쳐져 있었다. 그는 한 손에는 방송국에서 보낸 소득세 영수증을, 또 한 손에는 연필을 들고 있었다. 그가 무엇 때문에 항의하는지 몰랐기 때문에 나는 물었다.

「뭐가 잘못됐나요?」

「여기 보니 당신은 일요일 방송의 〈시대에 대한 생각〉에서 말을 한 적이 있군요. 제목은 '헛된 계몽'이라고 되어 있구요. 기억나세요?」

「물론이지요.」 내가 말했다. 「반응이 아주 좋았지요. 나는 과학에 의해서 깨우쳐진 이 세계에서 왜 미신이 줄기는커녕 오히려 늘어만 가는지에 대해서 탐구해 보려고 했어요. 합리적 인식의 유례 없는 증가에도 불구하고 왜 신비주의가 꽃피고 있는지에 대해서 말했지요. 그리고 끝으로 나는 왜 인간은 끝없이 기적을 원하는지에 대해서 설명한 도스토예프스키의 종교재판장의 말을 인용했습니다. 아시겠어요?」

퓌츠만은 시선을 고정한 채 소득계산서를 쳐다보더니 이렇게 말했다.

「당신이 받은 방송출연료 중 600마르크는 소득으로 증명되지 않았습니다.」

「그럴 리가 없습니다.」

내가 말했다. 그러자 그는 말없이 나의 소득기재 노트를 내게 내밀더니 손가락으로 4월을 가리켰다. 네 가지의 하찮은 액수들만이 거기에 적혀 있을 뿐, 내가 출연한 〈시대에 대한 생각〉의 묵직한 방송출연료는 실제로 빠져 있었다.

「정말 알 수 없군요.」 나는 그렇게 말하면서 그에게 물었다. 「그러면 어떻게 해야 될까요?」

내 말에 정확히 대답은 하지 않고 그는 영수증 하나를 골라 내게 불쑥 내밀었다. 그 여성 통역사에게 사준 꽃값 영수

증이었다. 그는 꽃 선물은 50마르크까지만 세금공제가 된다
고 내게 설명했다. 나머지 6마르크는 유감스럽게도 세금공제
가 불가능하다고 했다.

「겨우 거베라꽃 세 송이인데요. 약하디약해서 철사로 대를
받친 세 송이 꽃인데요. 나는 그 꽃이 가엾다는 생각이 들어
서 샀어요.」

퓌츠만은 내 말이 무슨 뜻인지 잘 알아듣지 못했다. 사실
그것은 아주 은밀한 조롱이었다. 아마도 그는 다른 식의 반
응에 아주 익숙해 있었을 것이다. 흥분해서 큰 소리로 되묻
는 것, 불평 섞인 항의 등에 말이다. 사실 그런 식의 반응은
그 앞에서는 아무 소용없는 것이다. 나는 그것을 믿어 의심
치 않았다. 나는 그의 통통한, 좁쌀만한 혹들이 번져 있는 목
을 내려다보다가 그를 그곳에 혼자 두고 나왔다.

7년 동안 연마한 의지력으로 나는 퓌츠만이 이곳에 있다는
사실을 잊어버리고 '길묘사' 작업에 몰두해 보려고 하였다.
우리의 거리 이름들은 역사를 품고 있다. 그것들은 모든 것
을 회상시켜 준다. 거리의 이름으로 된 사람들의 까마득한
승리, 그들의 정치적 공적 그리고 그들의 실패한 개혁 등등.
반면 거리들은 동시에 역사적인 불행들과 그로 인한 거리 이
름의 개명의 필요성을 환기시키기도 한다. 개명을 통하여 곤
란한 사건들을 사람들이 잊을 수 있도록.

내가 마켄젠 막사로 가기 전에 은행에 들러 방송출연료를

찾은 다음 그 확인서를 파카의 안쪽 주머니에 집어넣었다는 사실이 갑자기 생각났다. 방송출연료의 일부로 나는 루드밀라에게 줄 꽃을 샀다. 나는 꽃집에 가서 그 꽃다발을 직접 만들었다. 꽃집 여주인은 여러 가지 꽃을 골고루 섞어서 꽃다발을 만드는 내 솜씨를 보고 기뻐하며 칭찬의 말을 아끼지 않았다. 그녀가 끊어준 영수증을 나는 내 서류가방에다 집어넣었다.

루드밀라뿐만 아니라 그녀의 모든 식구들은 그처럼 아름다운 꽃다발은 처음 본다고 내게 확신시켜 주었다. 루드밀라는 이고르가 병영식당에서 가져와 은박지를 예쁘게 붙인 잼통을 꽃병으로 사용했다. 그들은 내가 사간 꽃다발을 축하의 뜻으로 받아들였다. 왜냐하면 그들은 그들의 막사생활이 이제 끝을 향해 가고 있다는 사실을 오늘 하루 종일 몸소 느꼈기 때문이다. 그들은 벌써 그들이 이사갈 고장의 이름까지도 알고 있었다. 뤼네부르거 하이데의 가장자리에 위치한 주거지역인 울렌보스텔이 이사갈 장소의 이름이었다. 세르게이 바실예비치, 즉 루드밀라의 아버지는 벌써 '뤼네부르거 하이데' 안내 책자를 구해 그의 표현대로 열심히 연구를 했다. 그렇지만 그는 실망했다. 그것은 그가 사냥할 만한 짐승들을 발견하지 못했기 때문이었다. 루드밀라와 내가 집을 나설 때 그는 내게 적어도 1주일 정도 울렌보스텔에 와서 묵고 가라고 초대의 말을 하였다.

우리는 차를 타고 시내로 들어갔다. 나는 루드밀라에게 시청과 유명한 호텔들을 보여주었다. 나는 그녀를 알스터 강가로 그리고 아우센알스터 강가로 데리고 갔다. 나는 내가 그녀에게 그토록 많은 설명을 해줄 수 있는 데 대해서 스스로 놀랐다. 그녀는 나의 설명에 대해서 그저 예의상의, 의무적인 관심만을 보여주었다. 그러나 우리가 크룩코펠 다리 위에 서서 우리 밑으로 마치 줄에 꿰인 듯이 부드럽게 소리없이 지나가는 2인용 카누를 보자, 그녀의 얼굴은 환하게 밝아졌다. 기분이 좋은 나머지 그녀는 한가롭게 노를 젓고 있던 청년을 향해 손짓을 보내기까지 하였다. 카누가 보트 대여업자의 잔교를 향해 가자 루드밀라가 말했다.

「큰 츌림 강에서 나도 카누를 탔어요. 미끄러지는 것 같기도 했고 또 둥둥 떠 있는 것 같기도 했지요.」

나는 카누를 두 시간 동안 빌렸다. 루드밀라가 노를 젓겠다고 했다. 바람 한 점 없었다. 섬세한 기름자국이 물 위에서 반짝였다. 솜털오리들이 우리가 가는 코스로 유유자적하게 그리고 일정한 간격으로 끼어들었다. 우리는 다리 밑을 통과하여 가장자리를 말뚝으로 댄 운하로 접어들었다. 물 쪽으로 경사진 조용한 뜰마다 노인들이 나와 파라솔 아래 앉아 있었다. 흰색 발동선을 피하기 위해서 루드밀라는 카누를 잎이 무성한 가지를 물을 향해 드리우고 있는 아름드리 수양버들 쪽으로 돌렸다. 나는 카누를 멈추게 하기 위하여 가는 나뭇가지를 꼭 붙잡았다. 발동선이 일으키는 물결이 우리가 탄 카누를 조금 들어올려 춤을 추게 만들었다. 그때 루드밀라는 죽어서 떠다니는 물고기를 발견했다. 덩치가 큰 잉어였다. 그녀는 노를 이용해서 그 물고기를 배 안으로 들어올리려고 하였다. 하지만 아무 성과가 없었다. 「너무 무겁고 미끄러워요」라고 말하면서 그녀는 그것을 들어올리려고 했다. 나는 몸을 돌려 그녀 쪽으로 조심조심 기어가 함께 해보자고 하였다. 하지만 그 물고기를 떠올리기는커녕 우리의 노는 서로 방해가 될 뿐이었다. 서로 잘 해보려고 하다 보니 노들이 서로 부딪치고 뒤엉켰다. 내가 노의 평평한 쪽을 이용하여 물고기를 손으로 잡을 수 있는 곳까지 끌어당기려는 순간 카누가 심하게 흔들렸다. 그 바람에 우리는 서로를 꼭 붙잡았다. 갑작스럽게 그녀의 몸과 가까워진 것에 압도되어 나는 얼른 루드밀라에게 키스를 했다. 그녀의 얼굴 위에 햇살 조각을 던지고 있는, 물 쪽으로 드리운 버드나무 가지의 장막을 이용하여 그녀에게 잽싸게 키스를 했다. 루드밀라는 놀라는 것 같지 않았다.

그녀가 부드럽게 노를 저어 카누를 미끄러지듯이 앞으로 끌어가는 동안 나는 얼굴을 그녀를 향하고서 꼼짝 않고 앉아 있었다. 그녀는 기꺼이 팀과의 일에 대해서, 그의 놀라운 부엌과 그의 상상력과 사진을 찍을 때의 그의 인내력에 대해서 이야기했다. 그를 도와 일을 한 지 불과 몇 번 되지 않음에도 그녀는 그의 그 진기한 작업에서 중요한 것이 무엇인지를 벌써 알아냈다고 스스로 생각하는 것 같았다.

「그게 뭔데요?」

내가 물었다.

루드밀라는 잠깐 생각하더니 이렇게 말했다.

「팀이 고안해서 접시 위에 멋지게 담아놓는 모든 것은 이미 먹는 일에 질린 사람들을 위한 것이에요. 가난한 사람들은 그저 실컷 먹는 것만을 바라죠. 하지만 팀이 생각하는 것은 그게 아니에요. 팀은 눈으로 먹는 사람들을 위해서 일을 하죠. 그는 배고프지 않은 사람들을 위해서 식욕을 돋구는 역할을 합니다.」

그녀는 그의 인내심과 쾌활한 성격을 칭찬했다. 또 그는 늘 식사하는 모습의 그녀를 사진에 담았다고 이야기했다. 그때마다 그녀는 두 눈을 지그시 감아야 했다고 말했다. 그녀는 글자 그대로 다음과 같이 말했다.

「팀, 그 사람은 칭찬을 폭포처럼 쏟아붓는 사람이에요. 그런 사람을 나는 처음 보았어요.」

「알아요.」 내가 말했다. 「알아요. 하지만 그 사람 칭찬에 너무 의미를 부여하면 안 돼요. 아주 흡족하지 못할 때 그 사람은 그렇게 말하니까요.」

그녀는 내 말을 못 믿겠다는 듯이 고개를 가로저었다. 그리고 나서 그녀는 내게서 눈을 돌려 내 머리 너머를 쳐다보았다.

그녀는 노를 정말 다정다감하게 저었다. 노를 물 속으로 찔러넣었다가 홱 뽑아내며 그리고 동시에 노를 조금씩 움직여 배의 운행방향을 잡아가며. 그렇게 그녀의 발치 쪽 카누

바닥에 쪼그리고 앉아 그녀의 모습을 계속 지켜보며 나는 함
부르크의 수로를 따라서 계속해서 미끄러져 가고 싶었다. 우
리는 노젓는 보트들이 몇 대 정박해 있는 개인 소유의 잔교
곁을 지나갔다. 그리고 운하를 따라 공용산책길이 주욱 이어
지는 곳에서 루드밀라는 갑자기 노를 물 속으로 힘차게 쑤셔
넣어 급제동을 걸었다. 카누가 곧 멈추었다. 그녀는 손가락
으로 앞쪽의 층층으로 쌓아올린 둥근 백조 둥지를 가리켰다.
그 앞에는 검은색 털북숭이 개 한 마리가 공격할 태세로 웅
크리고 앉아 있었다. 백조는 둥지에 서서, 목을 길게 빼고서
짧게 끼룩끼룩 소리를 냈다. 그것은 경고의 소리였다. 개가
마치 시험삼아 그러는 듯이 앞으로 펄쩍 뛰자, 백조도 두 날
개를 위협조로 활짝 펼쳤다. 하지만 개가 꿈쩍도 하지 않자,
백조는 날개를 파닥여 높은 휘파람 소리 같은 것을 냈다. 갖
은 몸짓을 하며 소리를 쳐 개를 쫓아보려던 나의 시도는 아
무 성과가 없었다. 잔뜩 성이 오른 개의 공격 자세를 누그러
뜨리지 못했다. 그 자리에 돌멩이나 몽둥이가 있었다면 얼마
나 좋았을까!

  갑자기—나는 그것을 결코 잊지 못할 것이다—내 옆에서
소리가, 어둡고 슬픔에 찬 울부짖음 소리가 울려퍼졌다. 그
것은 비탄과 체념의 소리였다. 그때 나는 개가 돌처럼 굳어
버리는 것을 보았다. 비탄의 소리는 더욱 커졌다. 이제 그 소
리는 무언가를 전하며 무언가를 요구하는 것 같았다. 등줄기
로 싸늘한 소름이 끼치는 동안 나는 달빛 아래 펼쳐진 드넓

은 들판을 눈앞에 보고 있는 것 같았다. 눈 덮인 들판 위로 침범했던 그림자들이 숲 쪽으로 도망치는 모습이 보였다. 개는 갑자기 머리를 뒤로 젖혔다. 그렇지만 끽 소리도 내지 못했다. 무엇에 홀린 듯 꼼짝 않고 서 있던 개는 다음 순간 꼬리를 다리 사이에 집어넣고 줄행랑을 쳤다. 백조가 아주 조심스럽게, 깃털을 세우고 그리고 아무 일도 없었다는 듯이 조용히 둥지에 앉은 후, 나는 루드밀라를 쳐다보았다. 어안이 벙벙해 아무 말도 못하고 있는 나를 향해 그녀가 미소를 지으며 이렇게 말했다.

「아까 그게 개들의 원초적 언어예요. 모든 큰 개들은 그 말을 알아들어요.」

「그 언어를 알아두면 유익할 것 같군요.」 나는 그렇게 말하면서 물었다. 「나를 위해 몇 시간 강의를 해줄 수 있겠어요?」

「그야 물론이죠.」 루드밀라가 말했다. 「당신한테는 무료로 해드리겠어요.」

조용하다는 것은 별로 좋은 징조가 아니기 때문에 나는 한 가지 구실을 찾아내 부엌으로 들어갔다. 퓌츠만은 나를 쳐다보지 않았다. 그는 내가 들어온 것을 전혀 눈치 채지 못하는 것 같았다. 그러나 내가 생수가 든 병의 뚜껑을 열었을 때 그는 식탁을 내려다보면서 내게 직업연수 교육에 있어서 세금 공제는 실제 행해진 또는 의도된 행위와 직접적인 연관이 있는 것에만 해당된다고 말했다. 그러니까 예를 들면 외국어

통신원 직업을 위한 어학강의 같은 것이 그에 해당된다는 것이었다. 따라서 두 장의 〈예술 및 생업 박물관〉 입장권은 유감스럽게도 세금공제 대상으로 인정할 수가 없다는 것이었다. 그 까닭은 거기서 직업연수를 위한 의도를 찾을 수 없기 때문이라고 했다.

나는 애써 진정을 하고서 이렇게 말했다.

「그 전시회는 발을 보호하는 의상, 즉 발 의상(衣裳) 예술을 위한 것이었습니다.」

「다시 말해서 신발을 말씀하시는 거겠죠.」

그 사람이 악의 없는 어투로 말했다.

「그렇습니다.」 내가 말했다. 「신발이죠. 당신들의 사고방식대로라면 신발은 단명한 경제적 재화에 지나지 않지요. 그렇지만 이번 전시회에서는 황야나 겨울의 툰드라 지역을 횡단할 때 사람을 보호해 주는 신발, 사람의 발을 따뜻하게 해주고 높은 산을 오를 때에 추락하지 않게 해주는 신발이 전시되었습니다. 당신은 발 의상의 사회적·공동체적 의미를 알고 있습니까? 당신은 버클 달린 신발과 뾰족구두 그리고 굽 높은 나무신의 위계질서상의 가치를 알고 있나요? 이번 전시회는 인간의 생활은 발 의상의 역사를 통해서도 읽을 수 있다는 사실을 보여주었습니다.」

퓌츠만은 고개를 끄덕였다. 내 말에 동감하는 것 같았다. 하지만 다음 순간 그는 이렇게 물었다.

「그러나 당신은 이번 전시회 방문을 어느 정도까지 연수의 일환으로, 다시 말해서 작가에게 필요한 연수의 일환으로 보십니까?」

　「이것 보십시오.」 내가 말했다. 「우리는 말입니다. 언제 사용하게 될지 그런 것은 처음엔 전혀 모르는 채 아무 의도 없이 경험들을 모으는 겁니다. 그리고 그것이 나의 연수 방식입니다. 비상시를 위해서, 표현상의 비상시를 위하여 자신에게 경험들을 공급해 놓는 것이죠.」

　퓌츠만은 잠시 침묵했다. 그는 나의 말을 맞받아칠 방도를 생각하고 있는 것 같았다. 이윽고 그가 말문을 열었다.

　「그렇다면……」

　그 순간 그 위대한 라자렉이 내게 해준 충고가 생각났다. 그는 내게 이렇게 권했었다. '사람들이 너를 시험하려 하면 그들에게 뼈다귀를 하나 집어던져 줘라. 그들에게 작은 승리를 맛보게 해주라구. 그들의 승리가 너에게 유용할 테니까.'

　나는 재빨리 말했다.

　「그래 당신 말이 맞아요. 사실 연수라는 것의 가치가 좀 미심쩍기는 하죠, 적어도 내게 있어서는 말입니다.」

　나는 그렇게 말하고 나서 그 입장권을 식탁에서 집어들어 얼른 호주머니에 집어넣으려고 하였다. 그러나 퓌츠만이 그 입장권을 돌려달라고 요구했다.

　「내 생각으로는 그것에 대한 책임을 지셔야 할 것 같은데요.」

　그가 말했다.

우리는 손을 맞잡고서 〈예술 및 생업 박물관〉의 전시회장을 빠져나왔다. 루드밀라는 그곳을 구경하며 감격하기도 하고 놀라워하기도 했다. 그녀는 기분이 들떠 있었다. 우리가 교통신호등 옆에서 신호가 바뀌기를 기다리고 있을 때 그녀는 갑자기 내 신발을, 그 다음엔 자신의 신발을 가리켰다. 그러더니 그녀는 그녀의 오른쪽 다리를 내 왼쪽 다리에다 갖다 붙이는 것이었다. 그리하여 우리들의 신발은 서로 딱 붙게 되었다. 고개를 가로저으며 그녀는 짐짓 의아하다는 투로 이렇게 말했다.

「이 신발들이 얼마나 많은 과거를 지니고 있을까요. 얼마나 많은 이야기를 들려줄 수 있을까요.」

「걸어온 수많은 길과 목적지에 대해서 말해 줄 수 있겠지.」

내가 말했다.

「모래 위를 그리고 빙판길 위를 그리고 또 가끔 늪지대를 걸었던 일을 이야기해 주겠죠.」

루드밀라가 말했다.

「목숨을 걸고 건넜던 교차로에 대해서 말해 주겠지.」

그렇게 말하면서 나는 그녀와 함께 과감하게 횡단보도를 건넜다.

우리는 정거장 쪽으로 어슬렁어슬렁 걸어갔다. 우리는 실속없이 길쭉하고 단단해 보이는 빵껍질을 쪼고 있는 두 마리의 절름발이 비둘기 주위를 빙빙 돌았다. 그런 다음 우리는 가두매점 앞에 가서 섰다. 그 순간 나는 금방 그녀를 알아보았다. 가두매점 겉면을 덕지덕지 장식하고 있는 수백 가지 표지사진들 중에서 그녀를 첫눈에 알아보았다. 모두가 신비스런 맛이라고는 하나도 없는 그렇고 그런 예쁜 얼굴들이었다. 반면 루드밀라는 그들에게 그들의 평범성을 증명해 보여주면서, 그들을 밀쳐내고 그들보다 훨씬 돋보였다. 그녀의 얼굴에서는 꾸민 구석을 발견할 수 없었다. 꾀바르고 어딘가 꿈속을 헤매는 듯한 영리한 눈길로 그녀가 『미식가』의 표지로부터 쳐다보았다. 팀이 한 일은 단지 그녀가 입술을 다물고 있도록 한 것뿐이었다. 나는 『미식가』를 세 부 샀다. 나는 루드밀라에게 축하의 말을 하면서 그녀의 두 뺨에 키스를 해주었다. 나의 축하를 받으면서도 별로 흥분하지 않는 그녀를 보고 나는 저으기 놀랐다. 잡지의 표지에 자기 얼굴이 실린다는 것이 얼마나 큰 일인지 그녀는 전혀 감을 잡지 못하고 있는 것 같았다. 나는 나의 팔을 그녀의 어깨에 올려놓았다. 그녀는 그것을 받아들였다. 아이스크림을 큰 것으로 시키자고 내가 제안했을 때에도 그녀는 반대하지 않았다.

어두운 무늬를 넣은 대리석 식탁에 앉아 나는 『미식가』를 펼치고 루드밀라 사진을 들여다보았다. 그녀는 앞치마를 두르고서 반짝반짝 빛나는 레인지 앞에 서서 각양각색으로 아주 예쁘게 차려진 메인디쉬가 담겨진 은빛 접시 쪽으로 보는 사람의 시선을 끌어들이고 있었다. 내가 그 예술작품을 감상하고 있는 동안, 루드밀라가 말했다.

「팀이 만든 거예요.」

「이건 포도와 초콜릿 소스를 가미한 잘게 썬 바다제비 요리 같은데.」

내가 말했다.

「잘못 짚었어요.」 루드밀라가 명랑하게 말했다. 「다음 페이지에 팀이 써놓은 설명이 있어요. 아티초크의 속과 사프란 라이스를 곁들인 돌넙치를 다진 요리예요. 사진을 찍은 후에 내가 직접 그것을 먹어보았어요.」

나는 그녀의 손목을 잡고 그녀의 맥을 짚어보았다.

「다행이야. 당신은 해냈어.」

우리에게 아이스크림을 가져온 남자 종업원은 『미식가』의 표지모델이 지금 실제로 내 옆에 앉아 있다는 사실을 알아차리지 못한 것 같았다. 그는 말은 거의 하지 않고서 아이스크림을 우리 앞에 내려놓고는 곧장 계산을 했다. 그는 내게 지금까지 전혀 모르던 묘한 실망감을 남겨주었다. 적어도 나는 그가 어리둥절해 하리라고 기대했었다. 루드밀라는 그 사람이 그녀를 알아보지 못한 데 대해서 별로 느낌이 없는 것 같았다. 그녀는 아이스크림만 떠먹었다. 빠르게. 갈수록 더욱 빠르게. 그러면서 그녀는 흘끔흘끔 내 곁을 스쳐 건너편에 있는 상점을 넘겨다보았다. 그녀는 갑자기 일어서더니 잠깐 실례하겠다고 말하고 나서 복잡한 자동차 숲을 헤치며 그 상점을 향해 열심히 걸어갔다. 그녀의 뒷모습을 바라보며 나는 내가 얼마나 그녀를 염려하고 있는지 알게 되었다.

그녀가 내 앞에 내민 상자는 큰 벌들이 이리저리 나는 모습이 그려진 담록색의 선물용 포장지로 포장되어 있었다.

「하인츠, 당신을 위한 거예요.」루드밀라가 조용히 말했다. 「조그만 선물로나마 당신께 감사드리고 싶어요.」

「도대체 무엇에 대해서 감사한다는 거지? 나한테 감사할 이유가 없는 것 같은데.」「내가 이유를 알고 있는 것으로 충분해요.」그렇게 말하면서 그녀가 덧붙였다. 「원하시면 지금 당장 풀어보아도 좋아요. 그걸 나는 팀의 집에서 처음 봤어요.」

나는 끈을 끄르고서 포장지를 펼쳐 상자를 드러냈다. 상자의 겉면에는 압력솥 그림이 그려져 있었다. 나는 너무 의외여서 「이게 도대체 뭐야?」라는 물음으로밖에 반응하지 못했다. 나의 물음에 대해서 루드밀라는 팀에게서 배운 압력솥의 여러 가지 장점을 신이 나서 설명해 댔다.

「당신도 그걸 꼭 사용해 보아야 해요.」그녀가 말했다. 「증기로 익히면 향기가 하나도 손상되지 않고 그대로 유지된대요. 물은 빨아들이는 성질이 있기 때문에 향기 같은 것에 약간 손상을 입히죠. 그러나 증기는 아무것도 빼앗지 않아요. 증기는 모든 향기가 그대로 유지되게 해줘요. 압력솥으로 우리는 자연에 순응하는 거라고 팀이 말했어요.」

내가 상자 겉면에 적혀 있는 사용법을 읽고 있는 동안, 루드밀라는 팀이 그녀에게 첫번째 선금을 주었으며 그 금액에 대한 세금문제를 나하고 상의해 보도록 어제 충고했다고 설명했다.

「돈을 세면서 나는 현기증이 날 지경이었어요.」

그녀가 말했다. 이어서 그녀는 이렇게 물었다.

「기쁘세요?」

「물론이지. 우리가 이 물건을 한번 함께 사용할 수 있으면 더욱 기쁘겠는데.」

「그렇게 하죠, 뭐. 다음 강의가 끝난 뒤에 많은 이야기를 나누도록 해요.」

선물을 받아주어서 고맙다고 루드밀라가 내게 말했을 때 나는 무슨 말을 해야 할지 몰랐다.

방문을 두드리는 소리에 나는 무턱대고 「들어와요」라고 말했다. 그러나 방 안으로 들어온 사람은 퓌츠만이 아니라, 보로더젠 선장이었다. 그는 내게 좋은 접착제 좀 없느냐고 물었다. 레스터충엔에 물을 주다가 도자기로 만든 몹스 인형을 건드렸다고 했다. 나는 나의 집주인에게 도움을 줄 수 있게 된 것이 기뻤다. 오래 헤매지 않고서 나는 만능접착제를 찾아냈다. 내 방에서 나가기 전에 그는 부엌 쪽을 흘끔 쳐다보더니 큰 소리로 물었다.

「저 사람도 당신과 같은 일을 하는 사람인가요? 저 사람도 책을 쓰는가 보죠?」

「기업회계사입니다.」 내가 말했다. 「지금 내 세금을 검토하고 있어요.」

「그러시구면, 저런 사람은 마음에 안 들죠, 그렇죠?」 그는 내게 눈을 찡긋해 보이고 나서 목소리를 낮추지 않고서 다음 같이 말했다.「겁낼 것 없어요. 우린 온갖 풍파를 다 겪은 사 람들인데, 뭘. 궁지에 몰리면 내가 도와줄게요.」

나는 그에게 문을 열어주었다. 나는 퓌츠만이 알아듣도록 큰 소리로 이렇게 말했다.

「이해심 많은 회계검사원도 있는 법입니다.」

부엌을 흘끔 쳐다보니 퓌츠만이 이맛살을 잔뜩 찌푸리고서 덧셈을 하느라 여념이 없었다.

마켄젠 병영에서 있었던 다음 강의시간은 전혀 예상치 않 은 쪽으로 흘러갔다. 나는 원래 나의 수강생들에게 '독일의 세금과 공과금'에 대해서 대충 이야기해 줄 생각을 갖고 있 었다. 즉 나는 법의 정글 속에서 그들을 아쉬운 대로 사람이 많이 다닌 길로 인도하고자 한 것이었다. 하지만 강의 첫머 리에 한 교활한 노인, 즉 무두질 기능장을 지낸 한 노인이 『미식가』 잡지를 한 부 높이 쳐들면서 루드밀라와 나한테 요 리에 대해서 이야기하자고 제안했다. 다른 수강생들이 그의 제안에 적극적으로 동조하고 나섰기 때문에 우리는 상상력으 로 가득 찬 팀의 요리에 대해서 설명하는 수밖에 없었다. 그 곳 사람들의 즐거운 분위기에 덩달아 흔쾌히 요리에 대해서 이것 저것 설명을 하고 또 전혀 들어보지 못했던 음식 명칭 들을 적당한 러시아어로 옮기는 루드밀라의 모습을 보고 나 는 놀라움을 금치 못했다. 그녀는 남아메리카 산 배껍질에

담은 송아지 고기 엑기스를 적당한 러시아말로 옮겼으며, 수
강생들에게 자두로 속을 채우고 로즈메리 소스를 친 비둘기
요리 맛이 어떤지 짐작이 가도록 설명했고, 그리고 다른 것
을 빗대서 거북이죽이 어떤 것인지에 대해서도 말해 주었다.
수강생들은 서로 쿡쿡 찌르며 꼴깍 소리를 내기도 했다. 한
뚱뚱한 여자는 거부하는 듯이 고개를 설레설레 흔들었다. 그
리고 세르게이 바실예비치는 마치 미지의 독이 그의 몸 속에
서 작용하는 소리를 엿듣는 듯이 멍청한 눈빛을 하고 있었
다. 그 무두질 기능장은 이제 잡지를 다른 사람들에게 돌렸
다. 모두들 표지사진을 뚫어져라 쳐다보고는 그것을 자기도
모르게 실제의 루드밀라와 비교해 보았다. 그녀에 대한 호감
과 인정의 미소가 많은 사람들의 얼굴에 나타났다. 의심할
여지없이 루드밀라의 사진으로 인해 토론 분위기가 살아났
다. 평소에는 그냥 묵묵히 앉아서 듣고만 있던, 다시 말해 극
히 어려운 상황 속에서 견디어낸 삶을 증명해 주는 태연함으
로 앉아 있던 수강생들까지도 대화에 끼어들어 식료품을 보
존하는 법과 몸에 좋은 화학물질에 대해서 알려고 하였다.
　수강생들이 전에 없이 활기찬 모습으로 방에서 빠져나가는
동안, 루드밀라와 나는 마치 다음 시간에 할 강의 테마에 대
해서 나눌 이야깃거리라도 있는 것처럼 예전에 피복창고로
쓰인 막사의 그 방에 남았다. 마침내 우리 두 사람만 남게 되
었다. 우리는 서로를 쳐다보았다. 한 마디 말도 없이 우리는
서로를 향해 다가가 키스를 했다.

「기뻐?」

「기뻐요!」

그녀는 팀과 약속이 있었고 나도 방송국 녹음—〈시대에 대한 생각:확실성의 필요성에 대해서〉—이 있었기 때문에, 나는 비가 오는데 내가 아직 집에 와 있지 못할 경우를 대비해서 루드밀라에게 집 열쇠 하나를 건네주었다.

「편하게 생각해.」

그렇게 말하고서 나는 서둘러 다녀오겠다고 약속했다. 방송국으로 녹음을 하러 떠나기 전에 나는 시장을 봤다. 압력솥의 기능을 실험해 보려는 의도에서 무엇보다도 야채를 샀다. 어린 완두콩—압력솥을 통해서 완두콩 속에 숨겨져 있는 단맛을 확인하기 위해, 당근, 양배추 등등. 거기에다가 돼지갈비를 조금 샀다. 나는 그 모든 것을 집으로 가져왔다. 시간이 아직 많이 남았기 때문에 나는 야채를 다듬고 씻었다. 그런 다음 식탁을 차려놓았다.

내가 할 방송의 녹음이 지연되었다. 스튜디오가 한 정치적 테러가 가져올 결과를 논의하기 위해 급히 소집된 토론회에 의해 점령되어 있었기 때문이다. 그것이 끝나고 나서 나는 작성해 간 나의 글을 읽었다. 나는 예전에 종교가 우리에게 제공했던 확실성이 이제 더 이상 우리를 만족시킬 수 없으며, 그리고 우리가 많은 희망을 걸고 있는 과학조차도 우리에게 지속적인 확실성을 보장해 줄 수 없다는 사실을 증명해 보이려고 하였다. 우리의 인식은 임시적이며, 우리의 지식도 다른 지식에 의해 곧 무효화될 수 있다는 확신에서 나는 삶의 기본자세로서 회의적(懷疑的) 태도를 옹호했다. 음향담당 기사는 내용이 전혀 지루하지 않았다고 내게 확신시켜 주었다.

집으로 돌아가는 길이 내게 그날 저녁처럼 그토록 길게 느껴진 적은 없었다. 버스가 알토나에 이르렀을 때 나는 하마터면 한 정거장을 일찍 내릴 뻔했다. 창에 불이 켜져 있는 것을 보고 나는 발걸음을 늦추었다. 나도 모르게 나는 어떤 모습의 루드밀라를 만나게 될까 떠올려 보았다. 책을 읽고 있을까? 자고 있을까? 부엌에서 분주하게 일을 하고 있을까? 나는 살며시 문을 열었다. 방뿐만 아니라 부엌에도 불이 켜져 있었다. 루드밀라는 그곳에 없었다. 무슨 일이 일어났을까? 그녀는 왜 내 집에서 떠났을까? 다음 발걸음을 떼다가 나는 그녀가 그곳에 있었다는 증거물과 만났다. 발에 무언가 단단한 물건이 채였다. 나는 열쇠를 집어들었다. 그 열쇠는 내가 그녀에게 준 것인데, 그녀가 문에 달린 우편함 투입구를 통해 안으로 집어던져 넣은 것 같았다. 그녀는 그곳에 있었음이 분명했다. 나는 그것을 침대용 소파 베개의 움푹 들어간 자국을 보고, 그리고 냉장고 위에 올려져 있는 물잔을 보고 알았다. 그녀가 인삿말이나 소식 따위를 적은 쪽지 한 장 남기지 않고서 갔으리라고는 생각하지 않았기 때문에, 나는 푸성귀가 푸짐하게 차려진 식탁을 샅샅이 뒤져보았고, 부엌과 서가까지도 찾아보았다. 하지만 아무것도 없었다. 어떤 표시도 어떤 메모도 없었다. 나는 저녁 늦은 시간에도 음식의 맛을 돋구는 일에 열중하고 있는 팀의 실험용 부엌으로 전화를 걸었다. 팀은 루드밀라가 나와 함께 있지 않다는 사실을 알고서 놀랐다. 팀은 이렇게 말했다.

「나는 너희 두 사람이 벌써 몇 시간 전부터 자네가 만든 애찬(愛餐)을 즐기고 있으리라고 생각했어.」 그리고 그는 또 이렇게 덧붙였다. 「그녀가 무엇을 사러 나갔는지도 모르니까 좀 기다려 봐.」

이런저런 생각을 하며 그리고 창 밖에서 발걸음 소리가 날 때마다 자리에서 벌떡 일어서며 거의 두 시간을 기다린 후 나는 차려진 식탁을 치우고 압력솥을 사용해 보기 위해서 마련했던 모든 것을 냉장고의 야채박스 속에다 집어넣었다. 그리고 나서 나는 옷을 입은 채 침대용 소파에 벌렁 드러누웠다.

하마터면 나는 퓌츠만의 목소리를 알아듣지 못할 뻔하였다. 그의 목소리는 불안스럽고 대단히 움츠린 듯이 들렸다. 그는 나를 불러놓고서 놀랍게도 내가 쓴 노벨레 「귀화」를 며칠만 빌려달라고 부탁했다. 그는 읽은 다음 곧 돌려주겠다고 약속했다. 나의 놀라움은 가라앉았다. 그는 볼펜으로 영수증 하나를 가리켰다. 그것은 고급 초콜릿 봉봉 한 상자를 사고서 받아온 영수증이었다. 그 고급 초콜릿 봉봉을 나는 내게 「귀화」 문제에 대해서 흔쾌히 여러 가지 설명을 해준 구청의 여자 공무원에게 주려고 산 선물이었다.

「이것은 선물에 속합니다.」

퓌츠만이 말했다.

「꼭 해야 할 감사의 표시였지요.」 내가 말했다. 「정보를 알려준 데 대한 감사의 표시였습니다. 그런 정보가 없었으면 나는 나의 그 노벨레를 쓰지 못했을 겁니다.」

「좋아요, 좋아요.」 퓌츠만이 말했다. 「그것에 대해서 뭐라고 하려는 게 아닙니다. 하지만 당신은 그 여자 공무원의 이름을 완벽하게 쓰지 않고 J.F.라고 이름의 이니셜만 적어 놓았어요. 혹시 그 여자 이름이 율리아 프레제Julia Freese 아닌가요?」

「맞습니다.」

내가 말했다. 그는 약간 씁쓸한 미소가 얼굴에 서리는 것을 어쩔 수 없는 모양이었다. 그리고 내가 묻지 않았는데도 그는 이렇게 말했다.

「우리, 즉 프리제 양과 나는 한때 한편이었지요. 우리는 함께 공무원의 파업권을 옹호하는 몇 편의 기사를 썼습니다. 우리가 내는 잡지 『젊은 공무원』을 아십니까? 모르세요? 어쨌든 좋아요. 우리는 이 잡지에다 기사를 썼고 매기사마다 우리 두 사람의 서명을 써넣었어요.」

퓌츠만은 잠시 생각에 잠기더니 그 후 일어난 일이 도무지 이해가 안 된다는 듯이 고개를 흔들었다. 그에 대한 나의 관심도를 알리기 위해서 나는 그에게 아직도 그 여자와 관계를 맺고 있느냐고 물어보았다. 나의 질문에 대해서 그는 잠시 입을 다물고 있다가 냉정한 목소리로 이렇게 말했다.

「한 가지 문제가 우리 두 사람을 하나로 합쳐주었지요. 그 문제가 더 이상 존재하지 않게 되자 결속의 시절은 끝나고 말았어요. 세상 일이 다 그런 것 아니겠습니까?」

그는 갑자기 자기 자신을 너무 많이 내보인 것이 아닌가 하고 두려워하는 것 같았다. 그가 더 이상 나를 쳐다보지 않고 급작스레 내 수입 세목을 살피는 일에 매달렸기 때문이다.

책상으로 돌아와 나는 곧 '길묘사' 작업을 계속하는 일이 어렵다는 사실을 깨달았다. 퓌츠만의 존재는 나로 하여금 원고에 집중할 수 없게 만들어 놓았다. 다시 말해 그는 나를 초조한 대기 상태에 있게 만들었다. 나는 기다리기로 마음먹었다—검토의 끝에 가서 행해질, 그리고 지금까지의 나의 경험에 따르면 늘 검토 대상자에게 불리하게 끝날 최종적인 말을.

기다리는 동안 나는 마켄젠 막사의 썰렁한 주거지역을 생각했다. 피들러 일가의 방이 위치한 복도를 걸어가는 나의 발걸음 소리가 다시 들려왔다. 루드밀라가 팀의 집에도 또 나한테도 아무런 메시지도 남기지 않았기 때문에 나는 밖으로 나갔다. 그것은 그녀의 집에 가면 그녀를 만날 수 있으리라는 확신에서였다. 그곳에서 나는 그녀가 왜 내게 한 마디 인사도 없이 떠났는지 확인할 수 있었다. 정말 분주하기 짝이 없었다! 모두들 말없이 바삐 움직이고 있었다! 무거운 짐을 잔뜩 짊어진 남자와 여자들이 복도에서 나를 향해 왔다. 그들은 짐꾸러미와 마분지 뭉치와 끈으로 묶은 판지가방을 끌고 왔다. 어느 부부는 낡은 광주리를 옮기고 있었는데, 그 무게에 그들은 거의 눌릴 지경이었다. 한 여자는 벽시계를 마치 잠든 아이 안듯 양팔로 안고 있었다. 외침 소리도 격려하는 소리도 들리지 않았다. 그 누구도 서두르라고 재촉하지 않았다. 그들은 다른 세계에서 골라서 챙겨온 보잘것없는 물건들을 막사 앞마당에 서 있는 이삿짐 트럭을 향해 말없이 힘겹게 날랐다. 이제 그곳에서의 임시체류가 끝나고 오래 묵을 수 있는 집으로 향한 여행이 임박해 있었지만, 그곳에는 그 어떤 즐거운 출발의 분위기도 지배하지 않았다.

피들러 일가가 살았던 방문 앞에서 나는 파란색과 노란색 칠이 된 나무 궤짝을 나르는 세르게이 바실예비치와 마주쳤다. 그가 힘겹게 끌고 가고 있는 그 짐은 마지막 짐인 것 같았다. 왜냐하면 그 곁으로 힐끔 쳐다본 방은 텅 비어 있었기 때문이다. 서글픈 느낌이 들 정도로 텅 비어 있었다. 그는 낑낑거렸다. 그는 곁눈질로 나를 힐끔 쳐다보았다. 그는 그 무거운 궤짝을 내려놓을 생각이 없었다. 그가 내게 인사말로 힘겹게 한 단 한마디 말은 '교수님'인 것 같았다. 나는 그에게 궤짝을 같이 들자고 제안했다. 그러자 그는 눈짓으로 나의 제안을 거절하고 짐의 무게로 인해 재빨라진 걸음걸이로 계단을 향해 나아갔다. 나는 그의 뒤를 좇아 한 계단 한 계단 내려가 이윽고 마당으로 나와 이삿짐 트럭까지 갔다. 나는 그곳에서 궤짝을 트럭 안쪽으로 밀어넣는 일을 도와줄 수 있었다.

「광석들이오.」 그렇게 말한 그는 한숨 돌리고 나서 잠시 후 이렇게 덧붙였다. 「모두 이제 아무 쓸모도 없어진 재산에 대한 기념물들이지요.」

그는 내가 루드밀라를 찾고 있다는 사실을 짐작으로 뿐만 아니라 잘 알고 있었다. 내가 할 질문을 미리 짐작하고 그는 그녀와 이고르는 새벽기차로 새로운 고향 울렌보스톨로 앞서 떠났다고 내게 이야기해 주었다. 그는 트럭의 짐 싣는 곳으로 기어올라가 짐을 싣고 짐을 끈으로 고정시키는 일을 시작했다. 그는 내 얼굴을 쳐다보지도 않은 채 이렇게 말했다.

「루드밀라는 어젯밤에 제대로 잠을 이루지 못했소. 하지만 아침이 되자 한결 나아졌어요. 이제 걔는 이른바 우리의 선발대지요. 그곳에서 그 아이는 할 일이 많아요.」

「루드밀라가 나한테 남긴 건 없나요?」 내가 물었다. 「쪽지나 아니면 인사말이라도요.」

하던 일에서 눈을 떼지 않은 채 그가 이렇게 말했다.

「유감이군요, 교수님. 루드밀라는 우리한테 아무 부탁도 하지 않았어요.」

나는 금방 돌아서지 않고 그 자리에 서서 그가 일하는 모습을 쳐다보며 나더러 울렌보스텔로 그들을 찾아오라고 했던 예전의 초대의 말을 그가 다시 반복하기를 기다렸다. 전처럼 그렇게 격정적인 투로 하는 초대의 말은 아니더라도, 일주일 정도의 초대는 아니더라도 그저 루드밀라를 곧 다시 만날 수 있도록. 그렇지만 그는 초대 이야기를 다시는 거론하지 않았다.

내가 즐겨 마시는 맑은 화주 한 잔을 권했지만 퓌츠만은 내 제안을 받아들이지 않았다. 하지만 그는 내게 아무 거리낌없이 커피 한 잔만 달라고 부탁했다. 나는 물을 올려놓고서 물이 끓을 때까지 그가 있는 부엌에 머물렀다. 무척 더디게 끓는 냄비에다 한 손을 얹어놓고서 나는 일에 열중하고 있는 퓌츠만을 쳐다보며 어째서 저 사람은 그토록 직업에 충실한가에 대해서 생각했다. 나는 속으로 이렇게 물어보았다. '독자적인 생활이 결여되어서인가? 그래서 그는 그 보상책을 다른 사람의 생활방식을 주도면밀하게 조사하는 데서 찾으려는 것일까?' '국민의 흠잡을 데 없는 납세 정신에서 그 성취를 읽는 재무교육적 사랑 때문인가?' '아니면 합법적인 염탐짓이 주는 쾌감 때문인가? 부정확한 것을 꼬집어내는 데서 극히 만족감을 느끼는 호기심 때문인가?' 어린애 같은, 포동포동한 그의 얼굴은 이와 같은 추측을 전혀 허락하지 않았다. 그리고 분류하고 더하고 비교하고 평가할'때의 그의 조용하고 침착한 태도는 그가 불규칙한 것을 적발하는 일에 큰 흥미를 느끼고 있다고 하는 가정과 모순되는 것이었다.

커피를 끓이고 있는데 그가 얼굴을 들더니 킁킁거리며 냄새를 맡으며 내게 가끔 자신의 주의력이 '떨어지기' 때문에 자극적인 음료를 마셔서 주의력을 회복시켜야 한다고 털어놓았다.

「당신 같은 경우라면 뭘 더 바랄 게 있겠어요?」

내가 말했다. 그는 나의 말뜻을 알아들었는지 약간의 미소를 머금으며 나를 쳐다보았다. 그러던 중 그는 그냥 무심코 넘어갔던 것이 갑자기 생각난 듯이 녹음기 영수증을 끄집어내 내게 내밀었다.

「녹음기를 한 대 샀습니다.」 내가 말했다. 「강의에 쓰려고 산 겁니다. 그러므로 세금 공제가 되겠지요, 그렇지 않나요?」

「물론이지요.」 퓌츠만이 말했다. 「직업상의 직접적인 필요에 의한 것은 인정해 줄 수 있어요. 영수증에 의하면 당신은 값이 저렴한 녹음기를 구입한 것으로 되어 있군요. 그리고 정황도 증명되기 때문에 당신은 세금 공제를 받으실 수 있습니다.」

「내가 한 말도 바로 그런 뜻입니다.」

내가 말했다. 그 다음 그가 물었다.

「그 녹음기를 한번 볼 수 있을까요?」

내가 말했다.

「물론이지요. 바로 내 책상 옆에 있습니다. 사용하지 않은 것처럼 아직 새겁니다.」

회계검사원은 등을 구부린 채 녹음기를 살피더니 만족한 듯이 고개를 끄덕였다. 녹음기의 생김새가 간단해서 쉽게 조작할 수 있다고 생각한 것 같았다. 분명 그가 내 녹음기의 성능을 실험해 보려는 의도를 가진 것 같지는 않았다. 그는 녹음기 위쪽을 손으로 살짝 쓰다듬었다. 그러다가 그는 실수처럼 재생 버튼을 눌렀다. 그러자 칙칙거리는 소리가 흘러나왔다. 그는 서둘러 정지 버튼을 찾았다. 그가 정지 버튼을 채 찾기도 전에 칙칙 소리는 멈추고 이어서 불안스럽고 주저하는 듯한 목소리가 들려왔다. 루드밀라의 목소리였다. 아마도 퓌츠만은 그 목소리를 듣는 순간 변해 버린 내 얼굴표정을 눈치 챘을 것이다. 믿기지 않는다는 표정, 엄청난 경악의 표정을. 어쨌든 그의 집게손가락은 정지 버튼 위에 가서 머물러 있었다.

루드밀라는 내게 말했다. 그녀는 나를 '사랑하는 하인츠'라고 정중하게 불렀다. 이어서 그녀는 침을 꿀꺽 삼켰다. 잠시 후 그녀는 다시 말을 시작했다. 나는 그녀가 말을 계속하기 위해 얼마나 힘겨워하는가를 느낄 수 있었다. 그녀에게 불행한 일이 일어났다. 그녀가 서가에서 책을 한 권 뽑으려는데 상자 하나가 바닥으로 굴러떨어졌다. 그녀는 이렇게 말했다.

「거기서 마구 흩어져 날린 것들을 나는 사실 읽으려 하지 않았어요.」

그러나 그녀는 영수증 몇 장을 읽고 말았다. 영수증들마다 모두 내가 쓴 잡비에 대한 세금을 공제받으려는 의도가 엿보이는 것들이었다. 그것을 그녀는 알게 된 것이다. 나는 몸이 마비되고 또 낙담한 나머지 정지 버튼을 누를 수조차 없었다. 끝에 가서 그녀는 이렇게 말했다.

「그 모든 것에 감사드려요. 이곳에서는 모든 것에 대해서 세금공제를 받을 수 있다는 생각에 익숙해지도록 노력해 보겠어요. 모든 것에 대해서.」 잠시 말을 멈추었다가 그녀는 이렇게 덧붙였다.「세금공제된 루드밀라가 슬픈 인사를 드립니다.」

흐느낌 소리, 딱, 하는 소리, 그리고 다시 치지직 소리.

퓌츠만은 몸을 돌려 한마디 말도 없이 부엌으로 돌아갔다. 나는 굳이 확인할 필요가 없었다. 나는 곧 그가 이미 검사를 마친 영수증 꾸러미를 다시 자기 앞에 끌어다 놓는 것을 보았다. 나는 그의 뒤를 따라가지 않았다. 나는 도무지 어떻게 변명을 해야 할지 몰랐다. 나는—불현듯, 어쩔 수 없이—그가 내리는 모든 결정을 아무런 이의 없이 받아들여야 하리라는 사실만을 알았다.

숨쉬기 운동

ATEMÜBUNG

숨쉬기 운동

「저기 저 만(灣)을 좀 봐요.」 게롤트가 말했다. 「그건 저 아래쪽에 있어요.」

그는 엔진을 끄지 않은 채 자동차를 좁은 도로의 갓길에 세우고서 마치 은빛으로 반짝이는 해변과 느긋하게 일렁이는 파도를 우리에게 선물하려는 듯이 무언가를 건네주는 듯한 제스처를 해보였다. 그러더니 그는 내 눈길을 한참 동안 샅샅이 살피고 나서 낮은 목소리로 물었다.

「근사하지, 한나?」

내가 아무런 대답을 하지 않자, 그는 우리의 뒷좌석에 앉아 있는 그의 조교와 니콜레를 향해 몸을 돌리고서 그들에게서 열광의 말이 터지기를 기다렸다. 하지만 두 사람이 불볕

더위를 먹은 듯 입을 꾹 다문 채 앉아 있기만 하자 그는 스스로를 칭찬해야겠다고 생각한 것 같았다.

「그것 보라구.」 그가 말했다. 「마침내 찾아냈잖아. 여기까지 오느라고 한 고생이 헛되지 않았어.」 그리고 그는 색깔을 칠한 간판을 향해 고개를 끄덕였다. 간판은 아래쪽에 사방 부서질 듯한 잿빛 바위들로 둘러싸인 〈돌고래 클럽〉이 있음을 알려주었다. 그것은 짚으로 지붕을 올린 아주 조그만 방갈로들의 군집이었다. 방갈로들은 극히 짧은 그림자를 해변 쪽으로 던지고 있었다.

우리는 천천히 울퉁불퉁한 길을 따라 내려갔다. 울퉁불퉁한 돌길이라 차가 좌우로 흔들리며 덜커덩거렸다. 나는 차창을 내렸다. 그러자 부드러운 바닷바람이 느껴졌다. 그것은 뜨거운 나의 얼굴을 어루만져 주는 부드러운 손길 같았다. 나는 백미러로 뒤편을 잽싸게 살펴보았다. 라머스는 여전히 니콜레의 손을 잡고 있었다. 그들의 얼굴에는 기쁨이나 안도의 빛은 보이지 않았다. 그들의 얼굴에 적혀 있는 것은 다만 활기 없는 근심뿐이었다. 그들은 나와 마찬가지로 며칠 동안 휴가를 함께 하자고 한 게롤트의 계획에 동의한 것을 후회하고 있는 것 같았다.

흰색 칠을 한 차단목 앞에서 우리는 멈추었다. 사람은 보이지 않았다. 게롤트는 차에서 내려 3개 국어로 된 안내문의 지시에 따랐다. 즉 그는 교수대 모양의 철제 막대에 달랑 매달려 있는 선박용 종을 쳤다. 그는 계속해서 종을 마구 쳐댔다. 그렇게 해서 그는 우리가 도착했다는 사실뿐만 아니라 우리는 기분이 좋은 사람들이라 모든 것을 기꺼이 함께 할 각오가 되어 있다는 사실을 알리려는 것 같았다. 내가 시끄러운 종소리 때문에 생긴 지끈지끈한 두통에 시달리는 사이, 게롤트는 뛰어오르는 두 마리의 돌고래가 그려져 있는 문장(紋章) 모양의 환영간판 앞에 가서 섰다. 그는 우리에게 어서 차에서 내리라고 손짓하며 간판 앞에서 서로 사진을 찍어주자고 했다. 하지만 라머스가 미처 사진기를 작동시키기도 전에 에밀리가 나타났다. 에밀리는 맨발이었다. 검은 머리에는 히비스커스꽃 한 송이를 꽂고 있었다. 잘 단련된 그녀의 군살 하나 없는 몸은 햇빛에 그을려 짙은 갈색빛을 띠고 있었다. 그녀는 우스꽝스럽게 생긴 짧은 망사 치마를 달랑 걸치고 있었는데, 걸을 때마다 거기서 바스락 소리가 났다. 그녀의 작고 단단한 젖가슴은 넥타이로도 쓰였을 법한 천으로 가려져 있었다. 미소를 띤 얼굴로 그녀는 우리에게 환영의 말을 하고는 자신을 〈돌고래 클럽〉의 오락 담당 직원으로 소개했다. 클럽에서 위촉을 받아 오락, 체조, 유쾌한 분위기 조성 등의 일을 담당하고 있다고 했다. 그러자 게롤트가 그녀에게 우리를 소개했다.

「여기는 나의 조교로 있는 라머스 박사와 부인 니콜레이고, 이쪽은 내 아내 한나입니다. 그리고 나는 게롤트 프라이징이라고 합니다.」

그는 우리 모두 기대가 무척 크다는 말을 빠뜨리지 않았다. 에밀리는 알았다는 듯이 고개를 끄덕이고 나서 우리를 중앙 방갈로 안에 차려져 있는 사무실로 안내했다. 바깥과 달리 뜻밖에도 아주 시원한 둥근 방이었는데, 한쪽 편에는 해먹이 설치되어 있었다. 내가 방에 들어서자, 해먹에 누워 있던 금발의 청년은 해먹에서 펄쩍 뛰어내려 얼른 몸을 가눈 다음 읽고 있던 책을 빨간색 트랜지스터 라디오 위에 올려놓았다.

「저는 모리스라고 합니다.」

그렇게 말하면서 그는 악수로 우리를 맞아주었다. 그는 긴 흰색 면바지를 입고 있었으며, 웃통은 벗은 상태였다. 그는 서류철 몇 개가 올려져 있는 폭이 좁은 책상에 가서 앉더니 게롤트가 내미는 확인서와 영수증을 얼른 훑어보았다.

「바로 그 교수님이시군요.」 그가 말했다. 「우린 당신과 당신의 친구분들을 진작부터 기다리고 있었습니다.」

그가 서류철 하나를 펼쳐 우리가 묵을 방갈로를 확인하는 동안, 에밀리는 우리에게 이곳에서는 어느 누구도 직함이나 성으로 부르지 않으며, 이곳 클럽에서는 모두가 모두의 벗이기 때문에 당연히 서로 말을 놓으며 서로 이름만을 부른다고 아주 친절하게 설명해 주었다. 이것이 이 클럽의 전통이며 그것을 통해 서로 보다 가까워지고 서로간에 한층 더 공동체 의식을 느낄 수 있다고 했다. 나의 시선은 저절로 라머스와 니콜레 쪽으로 가지 않을 수 없었다. 그들은 당혹해 하는 것 같았다. 그들 역시 나를 덮치기 시작한 것과 똑같은 압박감

을 벌써부터 느끼고 있는 듯했다. 나는 니콜레와 그녀의 남
편에게 절대로 말을 놓지 못할 것임을 확신했다. 수속을 밟
는 일이 끝나자 에밀리는 그곳을 돌며 우리에게 식당과 담수
를 사용한 샤워 시설을 보여주고, 바람막이가 되어 있는 놀
이시설 쪽으로 안내한 후 마침내 우리가 묵을 방갈로로 데리
고 갔다. 우리 부부는 8호실을, 라머스 부부는 9호실을 각각
배정받았다. 우리와 헤어지기 전 에밀리는, 저녁식사는 이곳
의 모든 사람이 함께 할 예정이며 그때 새로 온 사람들의 간
단한 자기소개가 있을 테니 준비해 두라고 말했다. 게롤트는
어서 그 시간이 되었으면 하는 듯한 태도를 보였다. 그는 이
루 말할 수 없는 생기로 넘쳤다. 그는 거듭거듭 양팔을 만을
향해 활짝 벌리곤 했으며 생각에 잠긴 듯이 고개를 약간 갸
웃하게 기울이고서 바보처럼 흥겨운 나머지 한숨을 내쉬며—
그의 표현대로—이렇게 매혹적인 고장은 처음이라며 입에 침
이 마르도록 칭찬을 늘어놓았다. 라머스 부부와 헤어질 때
그는 그들을 아까의 주문대로 금방 이름만으로 부르지 못했
다. 그는 다만 이렇게 말했을 뿐이다.
「자, 그럼, 여보게들, 이따가 봐요.」
　나는 야외용 접는 의자에 앉아 짐을 안으로 나르는 일은
게롤트에게 맡겨두었다. 나의 얼굴이 타고 다리가 탔다. 이
마의 머리카락 쪽과 목덜미 쪽에 땀이 송송 맺혀 왔다. 머릿
속이 울리는 것 같았다. 이곳에 와서 잠깐 휴가를 보내자고
한 게롤트의 설득에 내가 넘어간 것이 도무지 이해가 안 되

었다. 게롤트도 사실은 이곳에 대해서 다른 동료의 추천을
받은 것이었다. 우리가 이곳에 어울리지 않을지도 모른다는
나의 의구심은 에밀리와 모리스와의 만남을 통해서 이미 증
명되었다. 그들의 정중한 태도 하나만 보아도 그들이 우리를
그들과 같은 부류로 생각하지 않는다는 사실은 금방 알 수
있었다. 게롤트는 내가 지금 잔뜩 화가 나 있다는 것을 눈치
챈 것 같았다. 그는 짐을 내려놓을 때마다 내 쪽을 향해 기분
좋게 고개를 끄덕이고 내 어깨를 툭 치면서 잡다한 일은 잊
어버리고 이곳에 온 이상 마음껏 즐기기나 하자고 말했다.

「다 한때 뿐이야.」 그가 말했다. 「오늘은 스스로를 해방시
켜 봐. 쓸데없는 생각일랑 떨쳐버리라구. 막상 그러고 나면
그게 얼마나 재미있는지 직접 느끼게 될 거야.」

그는 정말 놀랍기 그지없이 민첩한 몸놀림으로 후다닥 옷
을 벗더니 바지와 잠바를 옷걸이에 걸고 나서 잠시 내 앞에
벌거벗은 채 서 있었다. 그는 내게 초록색 폴로 셔츠와 짧은
반바지와 샌들을 찾아달라고 했다. 마르고 창백한 그의 몸을
보자 불쌍한 느낌이 들었다. 그러면서도 다른 한편으로는 바
로 이 사람이 '룬 필사본'에 대한 중요한 주해를 쓴 저명한
북구 어문학 전문가라는 사실을, 룬 문자 전문가로서 자주
인용되는 북구 어문학 교수 게롤트 프라이징이라는 사실을
상기하지 않을 수 없었다. 그밖에는 달리 할 수 없었다. 나는
그에게 이렇게 물었다.

「게롤트, 당신은 왜 우리를 이리로 데리고 왔지요?」

　그러자 그는 조금도 흥분하지 않은 목소리로 대답했다.

　「라머스와 니콜레를 이리로 초대한 건 라머스의 도움에 대해 보답을 하기 위한 거야. 그의 도움이 없었으면 '선박을 보호하기 위한 룬 주문(呪文)'에 대한 논문은 아직 나오지 못했을 거야. 조교 급료로는 이같은 〈돌고래 클럽〉에 온다는 건 생각도 못해.」

　「맹세코 그게 이유인가요?」 내가 물었다. 「그게 유일한 이유라고 자신 있게 말할 수 있어요?」

　「그러면 무슨 또 다른 이유라도 있다는 말이야?」

　화난 목소리로 그렇게 말하면서 그는 허리를 굽혀 아직 풀지 않은 짐의 가죽띠를 풀었다.

　「그게 뭐죠?」

　「공기 매트리스야.」 그가 말했다. 「이곳에선 해먹에서 잔다는 말을 들었거든. 그래서 무엇보다도 당신을 위해서 산 거야. 정말이야. 파랗고 빨간색으로 된 게 당신 마음에 걸리지 않았으면 좋겠군. 네 칸으로 나뉘어져 있어서 입으로 불어서 바람을 넣을 수 있어.」

　「하필이면 왜 이런 색상이에요?」

　내가 물었다. 그러자 그가 대답했다.

　「백화점에 남은 게 이것밖에 없었어. 라머스는 스웨덴 풍 색깔의 매트리스를 갖고 있어. 파는 사람들 이야기로는 어른이 타도 물에서 뜬다고 하더군.」

　몸에 꼭 끼는 버뮤다 반바지를 입은 게롤트의 모습은 처음이었다. 그는 만족스러워하는 것 같았다. 그는 그 모습이 얼마나 꼴불견인지 눈치채지 못했다. 그는 이곳에 온 사람들과 한 통속이 되기로 굳게 결심한 듯 방금 채웠던 폴로 셔츠의 단추를 다시 끌렀다. 그는 내가 고개를 젓는 이유를 알아차린 것 같았다. 왜냐하면 그가 이렇게 말했기 때문이다.

「왜 그래? 우리도 그렇게 늙은 건 아냐.」

그는 나를 위해서 직접 고른 계란 노른자 색깔의 수영복을 입으라고 채근했다.

「어서, 한나, 그렇게 하라니까. 좀 내려와 봐. 당신은 불가능하다고 생각하겠지만, 이런 분위기에 스스로를 적응시키는 데서 얼마나 큰 기쁨을 맛볼 수 있는지 알게 될 거야.」

그때 갑자기 북소리가 울렸다. 북은 사람들더러 어서 오라고 고래고래 소리를 질렀다. 방갈로 밖으로 나오자 은빛으로 반짝이는 백사장에 에밀리의 모습이 보였다. 그녀는 두 개의 봉고북 뒤에 쪼그리고 앉아 젊은 남녀들을 향해 손짓을 보냈다. 그러자 그들은 그녀 주위로 아무렇게나 둘러섰다. 게롤트는 내 손목을 잡고 나를 끌고 갔다. 휴식시간은 끝나고 에밀리의 오락 프로그램이 시작된 것이다.

오락 프로그램은 각 쌍이 벌이는 리듬경연대회로 시작되었다. 남자 파트너가 치고 싶은 리듬에 따라 북을 치면, 파트너 아가씨는 그 리듬을 춤으로 표현해 보여주는 게임이었다. 맨발로, 부드럽고 따끈한 모래밭에서. 그들은 게임을 같이 할 파트너를 잽싸게 골랐다. 하지만 그건 놀랄 일이 아니었다.

어쨌든 젊은 남자들 중 누구도 나를 파트너로 택하겠다는 생각에 이르지 않은 게 나로선 다행스러웠다. 믿기지 않는 장면이 벌어졌다. 첫번째로 나와 춤을 춘 여자가—그녀는 주근깨가 난 잿빛 금발의 아가씨였다—배꼽에다가 은빛 갑충석을 붙이고 나온 것이었다. 어찌나 꼭 붙여놓았는지 춤을 추는 동안에도 그것은 떨어지지 않았다. 우리는 춤판 주위로 빙 둘러 서서 춤이 끝날 때마다 1점부터 6점까지 점수를 주도록 되어 있었다. 게롤트는 춤이 계속되는 동안 흥에 겨워 어깨춤을 추고 끝날 때마다 늘 높은 점수를 주었다. 그걸 나는 놀랍게 생각하지 않았다. 리듬경연대회가 계속될수록, 춤이 더욱 환상적이 되어 갈수록, 부드러운 모래밭 위로 넘어지는 일이 더욱 흥미롭게 여겨질수록 즐거운 분위기는 더욱 고조되어 갔다. 에밀리는 이를 드러내 보이며 환한 표정을 지었다.

그때 아주 늦게 라머스와 니콜레가 나타났다. 라모스는 체크무늬가 들어간 운동복 바지에 평범한 티셔츠 차림이었고, 니콜레는 몸에 꽉 끼는 모래색 반바지와 빨간 블라우스를 입고 있었는데, 블라우스의 양쪽 끝을 배 쪽에다 프로펠러 모양으로 묶어 놓았다. 그들을 쳐다본 것은 나만이 아니었다. 모두들 그쪽을 쳐다보았다. 니콜레의 모습에 모두들 넋이 나가 춤추는 여자도 잊고 북소리도 듣지 못하는 것 같았다. 그녀가 그렇게 아름다운 것은 그날 처음 보았다. 지금까지의 우리의 수많은 만남 동안 그녀가 일부러 수수하게 보이도록 꾸몄던 게 아닌가 하는 생각이 들 지경이었다. 정말 대단한 변신이 아닐 수 없었다! 평소에는 목덜미에다 묶어놓았던 머리카락을 풀어서 어깨까지 늘어뜨렸으며, 돌이켜 보건데 균형이 잘 잡혀 있기는 하지만 무표정하고 졸음기가 엿보이던 그녀의 얼굴에는 밝고도 침착한 표정이 어려 있었다. 그리고 입은 약간 벌린 모습이었다. 발목이 푹푹 빠지는 백사장에서 우아한 몸짓을 보여줄 수 있는 여자가 있다면, 그것은 바로 니콜레였다. 나는 그녀가 어떻게 그렇게 할 수 있는지 몰랐다. 하지만 그녀의 모습을 보자 내겐 '갈대'라는 낱말이 떠올랐다. 나는 그녀가 갈대처럼 자란 게 아닌가 하고 생각했다.

게롤트가 갑자기 내 팔을 잡으며 말했다.

「자 어서, 한나, 이번엔 내가 당신을 위해서 북을 칠 테니까. 어서 가자구.」

나는 그의 손을 뿌리치면서 이렇게 말했다.

「괜히 우스운 꼴 당하지 말아요.」

그렇지만 그는 무조건 한번 나가보겠다는 것이었다. 그러더니 그는 나를 그냥 세워두고 니콜레 쪽으로 가더니 그녀를 파트너로 선택했다. 니콜레는 당황했다. 당황하여 주저하는 빛이 역력했다. 하지만 다음 순간 라머스가 그녀를 향해 어서 하라는 표시로 고개를 끄덕이자 그녀는 원 한가운데로 가서 게롤트가 그녀를 위해 치는 서툰 리듬에 맞추어 춤을 추기 시작했다. 그녀가 보여준 춤은 구경꾼들을 사로잡지 못했다. 그녀가 춘 춤은 일종의 시적 명상 같은 것이었다. 깊은 생각에 잠긴 듯한 동작이 대부분이었고 가뭄에 콩나기 식으로 아주 가끔 선정적인 포즈를 취했다. 그런대로 눈길을 끈 것은 오일을 발라 반짝이는 그녀의 긴 다리 정도였다. 북소리는 그녀에게 그 이상의 동작을 요구하지 않았다. 그러던 어느 한 순간 그녀와 게롤트의 눈길이 서로 마주쳤다. 그때 나는 그들의 눈길에서 은밀한 기쁨을 읽었다. 그 순간 게롤트가 우리를 〈돌고래 클럽〉으로 데리고 온 것은 단순히 자기 일을 학문적으로 도와준 조교에게 감사의 표시를 하기 위한 것이 아님이 분명해졌다. 그들은 무난한 점수를 받았다. 나이 든 사람들에 대한 예의나 아니면 동정심이 작용한 것 같았다. 나는 게롤트가 니콜레에게 고맙다는 인사를 하면서 그녀의 이름을 부르는 소리를 들었다. 하지만 그녀는 그의 호칭을 부르지 않았다.

게롤트는 나의 반대를 무릅쓰고 그 두 사람을 우리 방갈로로 끌어들였다. 그들은 라머스가 토어스베르크에 들렀다가 사가지고 여기까지 들고 온 노르웨이 산 화주의 첫인상과 맛에 대해 이야기를 나누느라 여념이 없었다. 게롤트는 그 클럽의 규칙을 잘 적용하여 그의 조교에게 손쉽게 말을 놓았다. 게롤트는 아주 오래 전부터 그런 것처럼 그에게 너무나도 자연스럽게 울프라고 말했다. 하지만 그가 울프라는 이름을 발음할 때마다 트림을 하는 것처럼 들렸다. 화주가 한 순배 돌고 나자 울프도 게롤트에게 과감하게 말을 놓았다. 그는 재빨리 마치 남에게 말하는 것처럼 말을 내렸다. 그래도 그는 아직은 나한테까지 한나라고 말을 놓지는 못했다. 니콜레는 평소 하는 대로 아무 말 없이 가만히 앉아 있었다. 그녀는 그와 같은 친숙한 호칭을 대수롭지 않게 여기거나 아니면 그렇게 할 용기가 없는 것 같았다. 큰 방갈로에서 함께 저녁식사를 할 때에도 그녀는 그러한 인상을 주었다.

우리 네 사람이 식당으로 들어섰을 때 나는 꼭 바다 속에 들어온 듯한 느낌을 받았다. 초록빛이 도는 수중 불빛이 넘쳤고, 장식용 그물이 천장으로부터 늘어져 있었는데, 그 안에는 장식용 유리공이 반짝였다. 말린 불가사리 및 조개 그리고 왕새우 등이 그물에 매달린 채 우리 머리 위에서 흔들거렸다. 에밀리는 우리에게 식탁을 배정해 주었다. 식탁에는 벌써 두 병의 포도주가 마련되어 있었으며, 그 외에도 따끈한 흰빵이 담긴 쟁반이 놓여 있었다. 나는 저녁식사 때 맨살에다 조개 목걸이를 한 아주 젊은 클럽 회원들로부터 벗어나지 못했다. 그 중 몇몇은 갈매기 깃털을 머리에 꽂고 있었고, 한 들창코 아가씨는 느릿느릿 움직이는 불해파리 문양이 새겨진 그물셔츠를 입고 있었다. 클럽 전통에 따라 게롤트는 자기소개를 해달라는 부탁을 받았다. 그가 자리에서 일어섰을 때 이미 나는 참고 견뎌야 할 거리가 하나 생겼음을 알았다. 스스로 유쾌하다고 생각하는 연설에서 그는 게롤트라는 그의 이름이 그가 직업상 취급하는 물건들만큼이나 오래됐다는 사실을 넌지시 알렸다. 사람들은 그 물건들을, 즉 조그만 나무 막대기들을 원래는 예언과 주문을 위해 사용했다고 말했다. 하지만 그의 이름은 그런 용도로는 사용할 수 없을 것이라고 했다. 그럼에도 불구하고 두 가지 다 해석되기를 바라고 있다고 그는 설명했다. 「해석은 우리를 삶의 흔적으로 이끌어줍니다.」 사람들이 그에게 미소를 보내자 그는 내친 김에 우리들까지도 소개했다. 그는 일일이 우리의 이름을 하나씩 불러가면서 우리는 모두 같은, 거의 비슷한 직업에 종사하고 있다고 말했다. 그런 다음 그는 시원찮은 박수를 받으며 자리에 앉았다. 그는 우리를 연달아 살펴보았다. 그는 우리가 그의 짤막한 연설을 어떻게 생각하는지 알고 싶어했다.

「한나, 어땠어?」

내가 말했다.

「당신은 룬 문자 연구가라는 직업을 속일 수가 없어요.」

그러나 울프는 이렇게 말했다.

「그거야말로 전형적인 게롤트 풍이지요.」

니콜레는 보아 하니 어떻게 말할까 깊이 생각에 잠긴 것 같았다. 그러다 잠시 후 그녀는 속삭이듯 이렇게 말했다.

「연설이 내 맘에 들었어요.」

그녀는 테이블을 내려다보면서 말했다. 그러면서 게롤트의 시선을 피하려고 애썼다.

식사로 먼저 석쇠에 구운 정어리에 이어 야채를 곁들인 아프리카 주계(朱鷄)요리가 나왔으며 디저트로는 여러 가지 종류의 치즈가 나왔다. 식사와 포도주 덕분에 나는 그런대로 그 장소와 화해를 할 수 있었다. 게롤트가 나를 향해 한 번 눈을 찡긋하면서 건배하자고 한 뒤, 나는 라머스를 울프라는 이름으로 불렀다. 그는 나를 고마워하는 눈길로 쳐다보며 이렇게 말했다.

「한나, 당신이 믿을지 안 믿을지 모르지만, 당신은 불과 몇 시간 만에 원기를 회복한 것 같군요.」

우리 테이블에 잠깐 와서 앉은 에밀리도 그것을 확인해 주었다. 그녀는 우리와 술잔을 부딪치며 건배를 한 후 게롤트를 향해 리듬경연대회에 자발적으로 참가해 준 데 대해서 칭찬의 말을 했다. 그리고 그녀는 춤을 춘 니콜레에게도 칭찬의 말을 아끼지 않았다. 그녀는 또 이렇게 말했다.

「이곳에서 적극적으로 참여하지 않는 사람은 불쌍한 사람이에요. 그런 사람은 결코 만족을 얻을 수가 없어요.」

그녀는 스스로에게 만족해 하는 표정으로 해가 지고 나서 할 특별한 프로그램을 하나 생각해 놓은 게 있으니 준비를 하고 있으라고 우리에게 말했다. 그것은 저 아래 해변에서 벌어지는 이른바 횃불 폴로네즈로서 지금까지 사람들의 열광적인 환영을 받았다고 했다. 그녀는 우리를 그 행사에 진심으로 초대하고 싶다고 말했다. 그녀는 '진심으로' 라는 말을 강조했다. 내가 막 우리는 피곤하다는 말을 꺼내려는데 게롤트가 나서서 횃불 폴로네즈를 어서 즐기고 싶다고 얼른 말해 버렸다. 니콜레를 쳐다보며 그는 이렇게 말했다.

「그런 일을 안 하고 넘어갈 수는 없죠, 그렇지 않나요?」

　니콜레는 불안스런 눈길로 나를 쳐다보며 나직이 말했다.
「상황상 좀 곤란하기는 하지만, 난 그런 건 여태껏 들어보
지 못했어요.」

　우리가 수영복만 걸치고서 아래쪽 해변가에 도착했을 땐
어둠이 머뭇대며 깔리고 있었다. 공기는 포근했다. 파도는
뒤집히지 않고 해변을 부드럽게 핥기만 했다. 그 꼴이 마치
바다가 지친 것 같았다. 독한 모기들이 다른 사람들보다 나
만 겨냥하는 것 같았다. 그러던 중 에밀리와 모리스가 손에
드는 마그네슘 횃불을 나누어 주었을 때 나는 기뻤다. 그리
고 또 비로소 모기들의 공격으로부터 안전해진 듯한 느낌을
받았다. 녹음기에서 쇼팽의 폴로네즈가 울려퍼졌다. 우리는
한 손으로 앞사람의 어깨를 잡고서 즐겁게 대열을 형성했다.
에밀리는 뿌려대는 빛살 속에 일렁이는 행렬을 인도했다. 우
리는 해변에서 바다 쪽으로 조금 내려갔다. 그 다음 에밀리
는 우리를 물 속으로 인도했다. 처음엔 발목까지 오던 물이
마침내는 가슴까지 올라왔다. 바닷물에 비친 횃불들로 인해
우리는 물이 아닌 오로지 불빛 속에서 일렁이는 것처럼 보였
다. 바다 속으로 깊이 들어가면 갈수록 내 어깨 위에 올려진
라머스의 손이 자꾸만 무겁게 느껴졌다. 부력으로 인해 우리
는 확고한 발판을 잃고 바다 바닥 위에 떠서 둥실둥실 춤을
출 수밖에 없었다. 모든 사람이 균형을 잘 잡은 것은 아니었
다. 어떤 사람들은 몸을 가누지 못하고 가슴 깊이의 물 속으
로 가라앉기도 했다. 비명을 지르며 또는 환호하며. 그러면

서도 모두들 횃불은 물에 빠뜨리지 않으려고 높이 쳐들었다.

나도 그런 일을 당했다. 나는 갑자기 위로 붕 솟아올랐다가 옆으로 쓰러지며 횃불까지 물 속에다 쑤셔박았다. 그 바람에 횃불은 찌지직 소리를 내며 꺼졌다. 내 발이 바닥을 딛기 전에 나는 누군가가 양팔로 나를 끌어안아 위로 들어올리는 것을 느꼈다. 내 허리를 끌어안은 장본인은 라머스였다. 그는 나를 구하기 위해 들고 있던 횃불을 분명히 바다 속에 빠뜨린 것 같았다. 나를 똑바로 일으켜 세워놓은 뒤에도 그는 여전히 나를 붙잡고 있었다. 그는 나를 자기 몸에다 갖다 붙이더니 별로 지적이지 않은 얼굴표정을 지으면서 이렇게 말했다.

「죄송합니다. 교수님. 당신을 구하려고 한 것뿐입니다.」

「됐어요.」

내가 말했다. 그렇게 말하고서 나는 나의 손가락을 그에게 맡겼다. 그는 내 손가락을 잡고서 나를 다시 해변가로 끌고 나왔다.

해변에는 니콜레가 앉아서 자기 발을 붙잡고 있었다. 성게를 밟았다고 했다. 그 옆에는 게롤트가 앉아 어떤 응급조치를 취해야 하는지 몰라 안절부절하고 있었다. 그는 그녀의 발을 손으로 쓰다듬은 다음 자세히 들여다보았다. 아마도 상처난 곳을 입으로 빨아보려는 생각을 하고 있는 것 같았다. 니콜레가 그녀의 방갈로로 돌아가고 싶다고 말하자 게롤트는 얼른 그녀를 부축해 주겠노라고 말했다. 하지만 그녀는 머뭇거리며 라머스를 올려다보았다. 그러자 라머스는 그녀에게 손을 뻗어 그녀를 일으켜 세웠다. 그것으로 우리의 횃불 폴로네즈는 끝난 것이었다. 우리는 함께 우리의 방갈로가 있는 쪽을 향해 열심히 걸어갔다. 우리는 독일식으로 잘 자라는 악수를 하고서 헤어졌다. 우리는 이번에는 모두 서로의 이름을 불렀다. 다만 니콜레는 게롤트를 게롤트라고 부르지 못했다. 아크등 불빛 아래서 나는 그녀가 게롤트에게 손을 내밀면서 단지「편안한 밤 되세요」라고 말할 때 그녀의 얼굴에 아쉬움의 빛이 스치는 것을 보았다.

우리는 벌써 각자의 해먹에 누워 있었다. 해변에는 여전히 외치는 소리들이 들려왔다. 기뻐서 외치는 소리들, 거짓으로 살려달라고 외치는 소리들이 들렸다. 나는 잠을 이룰 수가 없었다. 자꾸만 니콜레 생각이 났다. 전혀 예상치 못했던 그녀의 모습, 갑작스레 아름다워진 그녀의 모습이 떠올랐다. 나는 게롤트에게 물었다.

「당신도 놀라지 않았어요?」

「도대체 뭐가?」

그가 통명스럽게 물었다.

「니콜레 말이에요.」내가 말했다.「당신은 그 여자가 얼마나 깊은 인상을 남겼는지 못 느꼈어요? 젊은 아가씨들조차도 믿기지 않는다는 표정으로 그녀를 뚫어져라 쳐다보더라구요. 에밀리가 말이에요. 지금의 다양한 프로그램에다가 하나 더해 이곳에서 만약 미인선발대회를 연다면 분명 니콜레가 미의 여왕으로 뽑힐 거예요.」

게롤트는 잠시 묵묵히 있다가 이렇게 말했다.

「나는 그런 생각까지는 못 해봤는데. 그녀는 성격이 싹싹해서 모든 일에 동참하니까, 그런 걸 한번 하면 그녀가 좋아하겠는데!」

하지만 다음날 아침—아니, 아침 시간도 한참 지나서 니콜레가 방갈로에서 나왔을 때—그녀는 사람들이 재미있다고 이야기해 준 몇 가지 경연대회에 나갈 수가 없었다. 발의 통증이 아직 가시지 않았기 때문이었다. 그녀는 기마전과, 별로 새로울 게 없는 종이 자루에 두 발 넣고 뛰기를 구경만 했다. 열성적으로 구경한 것이 아니라 그녀 특유의 생각에 깊이 잠긴 듯한 자세로 보았다. 라머스의 어깨에 탄 아가씨가 다른 남자들의 어깨에 탄 여자 경쟁자들을 세차게 밀쳐 떨어뜨리는 것을 보고 그녀가 좋아했는지 어떤지는 확인할 수 없었다. 게롤트가 자루에 두 발 넣고 뛰기를 하다 넘어졌을 때도—그는 워낙 뒤처졌기 때문에 사실 팬시리 힘을 쓸 필요가 없었다. 그럼에도 불구하고 그는 일어서다 또 쓰러졌다—그녀는 아무런 표정 변화를 보이지 않았다. 다만 모리스가 그녀에게 다가가 바닥에 넙죽 엎드려 자기 등에 올라타라고 부탁했을 때만 그녀는 미소를 지으며 그의 제안을 잠시 들어주었을 뿐이었다.

지금까지 한번도 한 적이 없는 기상천외의 최종 경연대회가 오후에 있을 예정이니 클럽 회원들은 모두 참석해 달라고 에밀리는 외쳤다. 그것은 순전히 그녀 혼자서 생각해 낸 것이었다. 즉 탁월한 오락 전문가인 그녀의 즉흥적인 발상이었다. 게롤트가 열심히 네 칸으로 나뉘어진 공기 매트리스에 바람을 불어넣고 있는데, 그녀가 마침 그곳을 지나가게 되었다. 그녀는 골똘히 생각에 잠긴 채 그의 모습을 바라보았다. 벌써부터 그녀의 직업적인 상상력이 작동하고 있었던 것이다. 그러다가 그녀는 심심풀이 오락용 게임을 하나 새로 생각해 냈다. 클럽의 일곱 명의 회원들이 공기 넣는 곳이 네 칸으로 된 매트리스를 갖고 왔다. 에밀리는 지금까지 알려지지 않은 종목의 실시방법을 그들에게 쉽사리 납득시켰다. 그것은 공기 매트리스의 네 칸에 되도록 빨리 입으로 바람을 불어넣어 채우는 경기였다. 우승상품으로는 2리터짜리 샴페인이 한 병 걸렸다. 물론 나는 그 우스꽝스러운 바람 불어넣기 경연대회에 나가려는 게롤트의 뜻을 꺾지 못했다.

경연대회는 해변에서 벌어졌다. 가장 먼저 게롤트가 그의 빨갛고 파란 공기 매트리스를 끌고 왔고, 이어서 다른 사람들이 왔다. 그 중에는 귀뚜라미가 변해서 사람이 된 게 아닌가 생각이 들 정도로 찌륵찌륵대는 목소리의 여리게 생긴 아가씨도 끼어 있었다. 이른바 선수들은 땅에 무릎을 꿇고 공기 주입구를 입술 사이에 끼운 다음 에밀리를 응시했다. 그녀는 시작 신호와 동시에 그녀의 녹음기를 틀었다. 라벨의 볼레로에 맞추어 바람 불어넣기 경쟁이 시작되었다. 참가자들이 바람을 불어넣는 방법이 제각각인 것을 보고 나는 참으로 희한하다는 생각을 했다. 몇몇은—그 중에는 그 귀뚜라미 아가씨도 끼어 있었는데—급히 짧게 훅훅 불어넣었다. 그들은 공기를 얼른 들이마셔서는 일정하게 헐떡거리면서 공기를 주입구로 불어넣었다. 다른 몇몇은 힘껏 천천히 공기를 들이마셔 그들의 허파를 가득 채운 다음 눈을 지그시 감고서 들이마신 공기를 몽땅 쉬지 않고 공기 판막이 속으로 방출했다. 다른 참가자들과는 달리 그는 눈을 감지 않았으며 오히려 마치 자신의 우월함을 확신한 달리기 선수가 다른 선수들을 둘러보듯 그렇게 침착하고 경계하는 눈빛으로 다른 적수들을 예의 주시했다. 구경꾼들은 자신들이 응원하는 사람을 정해 놓고 갈수록 흥분하며 소리를 질러댔다. 그들은 선수들의 이름을 부르며 격려를 하고 그들의 귀에 대고 응원 구호를 속삭였다. 라머스의 얼굴에는 당혹스런 표정이 어렸다. 그는 무릎을 꿇지 않고 모래 위에 쪼그리고 앉은 상태였다. 그는 바람을 불어넣는다기보다는 물부리를 쪽쪽 빨고 있는 것처럼 보였다. 그럼에도 불구하고 그의 매트리스는 점점 팽팽하게 부풀어 올랐다. 그는 단 한번도 경쟁자들을 쳐다보지 않았다. 그는 자기 앞에 서 있는 니콜레의 무릎만 쳐다보았다. 목에는 금목걸이를, 팔목에는 금팔찌를 한 뚱뚱한 젊은이가 가장 먼저 포기를 했고, 이어서 아가씨 하나가 포기했다. 그녀는 시뻘개진 얼굴로 벌떡 일어나더니 눈을 희멀겋게 뜨고 찢어질 듯한 소리를 지르면서 뒤로 벌렁 쓰러졌다. 그때 게롤트와 라머스는 벌써 두번째 칸에 바람을 불어넣고 있

었다. 바람 불어넣는 일이 계속될수록 그들의 눈은 점점 멍
청해져 갔다. 모두들 호흡이 자꾸만 짧아지고 힘이 없어졌
다. 그들은 벌써부터 잠깐씩 쉬기 시작했다. 그들은 쉬면서
혀로 입술을 핥거나 얼굴에 난 땀을 훔쳤다. 끈질기게 게임
에 임하던 한 남자는 이상한 반응을 보였다. 그는 갑자기 벌
떡 일어나더니 두 손으로 귀를 막고 물 속으로 뛰어들었다.
그는 나중에 머리에서 윙윙 소리가 나서 더 이상 참을 수가
없었다고 이야기했다. 기량과 인내에 대해 안목이 있는 사람
이라면 그 게임이 게롤트와 라머스 사이에서 결판이 날 것임
을 알 수 있었다. 다른 사람들이 아직 세번째 칸에 바람을 넣
고 있는 동안, 그들은 벌써 네번째 칸의 물부리를 입술 사이
에 물고 있었다.

　나는 게롤트의 옆모습을 보았다. 갑자기 그의 그 모습과
관련된 것이 내게 떠올랐다. 그것은 신(新)룬 문자의 M자였
다. 밑으로 쭉 내려 쓴 선과 양쪽으로 펼친 가지, 바로 그것
이었다. 그는 잠깐 쉬었다가 격하게 고개를 흔들면서 부는
일을 계속했다. 그러다 그는 라머스가 신경이 쓰이는 듯 그
쪽을 한번 흘낏 훔쳐보았다. 갑자기 그는 얼굴을 쑤셔박으며
앞으로 고꾸라졌다. 물부리를 잡고 있던 그의 손이 풀렸다.
두 발은 힘 없이 모래를 긁어대다가 이윽고 잠잠해졌다. 그
순간 에밀리와 모리스는 그 곁으로 얼른 다가가서 그의 몸을
돌려놓더니 허리를 굽히고 일그러진 그의 얼굴을 살폈다. 나
도 그를 향해 몸을 구부리고서 그의 이마를 쓰다듬으며 그의

이름을 가만히 불러보았다. 하지만 그는 아무런 반응을 하지 않았다.

「의무실로 데려가야겠어요.」 모리스가 결정했다. 그리고 나서 그는 그밖의 말은 속으로 중얼거렸다. 「뇌 핏줄이 터지지 않았으면 좋겠는데.」

그는 들것을 가지러 뛰어갔다.

갑자기 내 옆으로 누군가의 그림자가 다가섰다. 누군가 나를 격하게 건드렸다. 나는 쳐다보지 않고도 그게 니콜레라는 것을 알았다. 그녀는 털썩 무릎을 꿇었다. 그녀는 흐느끼면서 게롤트의 몸 위로 깊이 허리를 구부리더니 그의 얼굴을 양손으로 잡고서 그의 이마와 빰에 키스를 했다. 그러면서 그녀는 불안스레 몇 마디 말을 중얼거렸다. 그것은 걱정의 말과 주문의 말이었다. 나는 그 내용을 알아듣지 못했다. 하지만 그녀가 여러 번에 걸쳐 그의 이름을 부르는 것만큼은 알아들을 수 있었다. 그녀의 그와 같은 절망적인 몸짓은 거짓인 것 같지 않았다. 그녀는 게롤트에게서 떨어지려고도 하지 않았고 또 떨어질 수도 없는 것 같았다. 구경하던 사람들은 당황했는지, 나를 쳐다보면서 내가 무엇이든 어떻게 하기를 기대했다. 그래서 내가 도대체 무엇을 어떻게 해야 하는 건지에 대해서 잠시 생각하고 있는데 라머스가 다가왔다. 그는 당혹스런 표정으로 한동안 게롤트를 내려다보았다. 그러더니 그는 니콜레를 조용히 감싸서 일으켜 세웠다. 그런 다음 그는 한 팔로 그녀의 허리를 잡고서 그녀가 그녀의 머리를 그의 어깨에 기대도록 두었다. 그가 그녀를 끌고 가려고 하자 그녀는 처음엔 망설였다. 하지만 그가 그녀의 귀에 대고 무엇인가 속삭이자 그녀는 그의 말에 동의를 하고서 그와 함께 명청한 표정으로 그곳을 떠났다.

나는 들것 뒤를 따라갔다. 모리스와 턱수염이 난 한 클럽 회원은 게롤트를 들것에 실어 관리용 방갈로에 있는 의무실로 운반했다. 의무실은 여태껏 한번도 사용한 적이 없는 것 같았다. 그들은 게롤트를 간이침대 위에다 눕혔다. 그들은 어떤 의사를 불러야 할지 소근소근 숙의했다. 그때 나는 그들이 부르려고 하는 두 의사에 대해 별로 신뢰감을 갖고 있지 않다는 인상을 받았다. 확실히 의견을 정하기 위해서 그들은 사무실로 들어갔다. 방에는 게롤트와 나만이 남았다. 게롤트는 규칙적으로 숨을 쉬었다. 나는 한 손을 그의 이마에 올려놓고서 그의 관자놀이를 가볍게 쓰다듬었다. 그것은 그가 그의 스칸디나비아 여행에서 지친 채 돌아와 머리에 통증을 느낄 때마다 가끔 하던 방식이었다. 잠시 후 그는 입술을 우물대며 움직이더니 눈을 감은 채 이렇게 말했다.

「고마워, 한나. 이젠 괜찮아졌어. 아마도 탈진해서 그랬던 것 같아.」

나는 그 소식을 곧장 모리스와 그를 도와준 남자에게 알렸다. 내가 의무실로 다시 돌아왔을 때 게롤트는 벌써 자리에서 일어나 간이침대에 앉아 있었다. 나는 그에게 어서 다시 몸을 쭉 뻗고 누우라고 말했다. 나는 그의 옆을 지키고 있다가 그가 음료수 마시는 것을 거들어 주었다. 우리는 적어도 우리 두 사람만 의무실에 있는 동안은 말을 할 필요를 느끼지 못했다. 모리스와 내가 그를 우리 방갈로로 데리고 가는 동안 그는 아직도 약간 몸을 떨었다. 그러면서도 그는 벌써 매트리스에 바람 불어넣기 게임에서 그의 상대가 전혀 되지 못했던 두 경쟁자가 인사를 보내자 힘없이 손을 들어 답을 했다. 라머스와 니콜레가 묵었던 방갈로 앞에 이르자 그는 발걸음을 멈추었다. 그는 걱정스런 듯이 미소를 지었다. 모리스가 그 친구들은—그의 표현대로—벌써 떠났다고 그에게 전해 주었을 때에도 그는 별로 놀라는 것 같지 않았다. 그들은 택시를 타고 갔다고 했다.

「잘했군. 잘했어.」 게롤트는 그 말만 했다. 「잘한 일이야, 잘한 일이야.」 그런 다음 그는 나를 쳐다보며 중얼거리듯 말했다. 「그 친구는 게임을 제대로 해내지 못했어, 한나. 돌아가면 그 친구와 헤어져야겠어.」

우리의 방갈로 앞에는 빨갛고 파란색의 매트리스가 놓여 있었다. 누군가가 여기까지 끌어다 놓은 모양이었다. 세 칸은 빵빵하게 공기가 차 있었고, 넷째 칸만은 반쯤 불어져 있었다. 거의 모든 클럽 회원들이 각자의 해먹에서 쉬고 있을 조용한 낮잠 시간에 나는 모래밭에 앉아 매트리스를 앞에 끌어다 놓고서 매트리스의 옆에 툭 튀어나온 부분에다 칼을 꽂았다. 의아한 기분이 들 정도로 칼날은 너무 쉽고 단호하게 매트리스를 갈랐다. 나는 칼을 다시 빼냈다. 나는 일정한 음

으로 들리다가 점차 약해져 가는 쉬쉬식 소리에 귀를 기울였
다. 쉬쉬식 소리와 함께 칸막이들 속에 갇혀 있던 게롤트의
호흡이 빠져나왔다. 마침내 안에 들어 있던 공기가 다 빠져
나가 매트리스의 거죽이 푹 꺼져 쭈글쭈글해졌을 때 나는 칼
을 모래 속에다 깊이 파묻었다.

구해 낸 저녁

EIN GERETTETER ABEND

구해 낸 저녁

마르첼 라이히-라니츠키를 위하여

시민대학에서 제공하는 어떤 서비스도 이보다 내용이 풍부할 수는 없을 것이다. 이곳을 찾는 모든 사람은 이를테면 도자기 그림이라든가 기초 타밀어라든가 방적 기술이라든가 폴리네시아 악기 등등을 다루는 극히 다양한 과정에서 그것도 말할 수 없이 저렴한 비용으로 전 세계의 모든 지식과 인간의 솜씨와 표현욕구와 친숙해질 수 있다. 이곳에 있는 사람들은 누구나 이처럼 다양한 서비스가 이 학교의 교장으로 있는 알렉산더 블룬쉬-호흐펠스 덕택임을 잘 알고 있다. 그는 늘 프로그램상의 결함을 찾아내고 담당관을 선발할 때에도 그 이유를 한 마디씩 대는 분이다. 그분이 지닌 침착성, 명상적인 성격 그리고 무엇보다 때때로 보이는 성스러운 모습은 만날 때마다 나로 하여금 그분이 6년 동안 수도원에서 지냈다는 사실을 떠올리게 한다.

만약에 그가 지난 수요일의 그 행사를 개최할 생각을 하지 않았더라면 그는 내 기억 속에 언제까지나 그와 같은 모습으로 간직되었을 것이다. 그 강연에서 그는 수많은 청중이 지켜보는 앞에서 이른바 '치유할 수 있는 노여움'이라는 테마를 심판대에 올릴 생각이었다. 첫번째 강연은 '사형집행인인가 아니면 조산부인가?—문학비평에 대해서'라는 제목을 달았다. 8시 10분 전에 그는 수위를 시켜 나를 불렀다. 그는 자리 권하는 것도 잊은 채 이상야릇한 눈길로 나를 뜯어보았다. 그는 가쁜 숨을 몰아 쉬며 마음을 안정시키려는 듯 한 손으로는 가슴 언저리를 쓸었다. 마침내 그는 약간 쉰 목소리로 나보고 대강당엘 한번 가보고 왔느냐고 물었다. 대강당은 지금 사람들로 넘칠 지경이며 당장이라도 대혼돈이 벌어질 것 같으며, 어쩌면 벌써 몇 사람은 발에 밟혀 죽었을지도 모른다고 말했다. 내가 막 그에게 예기치 않은 호응에 대해서 칭찬의 말을 하려 하는데, 그가 신음소리를 내며 이렇게 말했다.

「강연을 할 사람이 없어요, 클라우스니처 씨! 개막행사로 강연을 할 사람이 없다구요.」

「슈니데빈트, 바로 그 사람이 하기로 되어 있잖습니까!」 내가 말했다.

「슈니데빈트라고요?」 그는 화난 목소리로 그렇게 말하면서 천장을 올려다보았다. 「그 사람 7시 45분에 갑자기 콩팥에 발작을 일으켰대요. 그 사람 부인이 막 알려왔어요.」

그는 무슨 욕을 내뱉으며 팔걸이 의자에 털썩 주저앉았다. 걱정이 태산 같다 보니 한번도 욕을 해본 적이 없는 그의 머리에 아마도 정말 '지긋지긋한 놈' 같은 말이 떠올랐던 것 같다. 나는 경솔하게도 이제 어떻게 해야 하느냐는 말을 입 밖으로 내고 말았다. 그러자 그는 다 죽어가는 소리로 이렇게 말했다.

「강연할 사람을 말이요, 클라우스니처 씨, 연사를 구해 오라니까요. 당신이 타고난 시민대학 선생임을 증명해 봐요.」

나는 내 방으로 뛰어가 헤펠레에게 전화를 걸었다. 마침 그 사람은 강연차 이체호에에 가고 없었다. 나는 클림케에게도 전화를 했다. 그 사람은 문화담당관과 약속이 있다고 했다. 끝으로 나는 용기를 내서 제가츠에게 문의하지 않을 수 없었다. 그러자 그는 비아냥거리며 최근에 우리 강연 프로그램에 대해서 신문에다 쓴 자신의 신랄한 비판의 글이나 읽어보라고 말할 뿐이었다.

8시 정각에 나는 복도로 들어섰다. 재앙에 찬 요란한 소리가 나를 향해 몰려왔다. 발로 바닥을 긁는 소리, 덜커덩 소리, 해일이 밀어닥칠 때 들려오는 예의 어두운 쏴아 소리 등등. 억제하기 힘든 기대감, 흥분 그리고 강연의 주제에 대한 열기가 그곳에 몰려 있었다. 나는 교장 선생의 방문 안을 엿들을 수 없었다. 그가 내는 신음소리를 듣는 것이 너무나 두

려웠기 때문이었다.

내가 대강당으로 내려가서 청중들에게 우리가 처한 당혹스런 상황을 알리려고 막 나서는 순간 은회색 머리에 얼굴 표정이 부드러운 작달막한 키의 한 남자가 나를 향해 다가와 겸손한 태도로 B6 강의실이 어디 있느냐고 물었다. 나는 그의 얼굴을 뜯어보았다. 그의 얼굴에 어린 자족적인 미소와 사과의 말을 지껄이는 듯한 입술의 미세한 놀림, 특유의 열정을 증명해 주는 두 눈의 작은 반짝임 등을 보자 갑자기 이루 말할 수 없는 신뢰감이 나를 덮쳤다.

「강연을 맡으실 분이신가요?」

내가 물었다.

「해양학자입니다.」

그가 약간 허리를 굽혀 인사하면서 말했다. 이어서 그가 무슨 말인가 덧붙였지만 그 말을 나는 알아듣지 못했다. 왜냐하면 나는 벌써 그의 팔을 끼고 그를 계단 아래로 인도하고 있었기 때문이다. 인생에 한번 낼 수 있을까 말까 한 용기로.

우리 학교에서는 연사가 자기소개를 하는 것으로 되어 있었기 때문에 나는 그 조그만 남자를 연단으로 끌고 올라가 그 다음의 일은 그 자신에게 맡겨두었다. 기쁨으로 놀라워하는 표정이 그의 얼굴에 얼핏 스쳤다. 아마도 그는 이렇게 많은 청중은 처음 대하는 것 같았다. 그는 장내가 조용해지기를 참을성 있게 기다렸다가 이윽고 자신의 이름—엘마 슈노프—을 밝히고 나서 이어서 강연 제목을 이야기했다. 강연 제목은 '수족관 문화에 대해서—해양 수족관 답사'였다.

굳이 말로 표현하자면 나는 숨이 탁 막혔다. 사람들은 놀란 표정으로 그의 말에 귀를 기울였다. 여기저기서 당혹해하는 소리가 들려왔다. 하지만 침을 꿀꺽 삼키면서 재미있어하며 기쁜 동의를 보내는 소리들도 또한 없지 않았다. 몇몇 청중은 우화적인 숨바꼭질의 낌새를 알아차린 것 같았다. 엘마 슈노프는 마치 은총을 내리려는 듯한 자세로 양팔을 활짝 벌렸다. 그런 다음 그는 나를 놀래킨 불 같은 웅변의 어투로 해양 수족관에 대한 일반적인 정의를 설파했다. 해양 수족관은 피조물의 세계를 볼 수 있는 거울로서 우리로 하여금 바다 깊은 곳의 비밀을 눈으로 생생하게 체험할 수 있게 해주는, 탐사와 인식을 통해 조립된 예술작품이라고 했다. 그는 정말로 '조립된'이라고 말했다. 깊은 곳에서 숨어서 살아가는 것들이 생각해 낼 수 있는 것, 이를테면 믿기지 않을 정도로 다양한 형태들, 합목적성과 결합된 아름다움 그리고 무엇보다도 우리를 지배하는 것과 같은 섭리의 법칙 따위를 이 해양 수족관에서 확인할 수 있다는 것이다. 즉 성공적으로 만들어진 이 복제품은 지식에 대한 욕구와 재미에 대한 욕구를 동시에 만족시켜 준다는 것이다.

내 옆에 앉은 사람은 정말 어이가 없다는 듯이 나를 쿡쿡 찌르더니 귓속말로 내게 자기가 지금 대강당에 와 있는 게 맞느냐고 물었다. 내가 그 사람에게 고개를 끄덕여 그렇다고 확인해 주자 그는 고개를 설레설레 흔들면서 몸을 뒤로 홱 젖혔다. 창가 의자에 흐트러진 자세로 앉아서 연사가 말하는 동안 자꾸 소리를 질러 내 눈에 찍힌 한 턱수염 난 녀석은 연사보고 어서 본론으로 들어가라고 다그쳤다. 그러자 연사는 조금도 흔들림이 없는 침착한 말투로 다음과 같이 말을 이었다.

「그러므로 해양 수족관은 발견을 이끌어가는 역할을 합니다. 말하자면 해양 수족관은 문학과 마찬가지로 세계를 재발견하는 것이지요.」

방금 그가 한 비유 덕분에 조금 긴장이 풀리기는 했지만 나는 나의 안면 근육이 경련을 일으키고 왼쪽 다리가 마치 감전된 듯이 부르르 떨리는 것을 막을 수 없었다. 그러나 그 조그만 남자가 흥에 겨운 나머지 하던 이야기에서 잠시 벗어나 하등 유기체들을 열거하고 또 그것들을 칭송하자 나는 가벼운 심장의 요동을 느끼기 시작했다. 그는 해면에 대해서 말하고 그러한 종류를 넓게 포함하는 모든 생물체를 칭송했다. 그 중에서도 그는 노란 산호충과 말미잘을 특히 강조했다. 그 다음 그는 갑각류, 극피동물 그리고 지렁이류에 대해서 말했다. 그는 특히 관주 모족류를 칭찬했다. 그리고 끝으로 그는 몇 가지 연체동물들, 특히 큰가리비와 용골달팽이에 대해서 열광적으로 떠들어댔다. 내 옆에 앉아 있던 남자는 다시 한번 나를 쿡쿡 찌르면서 이번에는 속삭이는 것이 아니라 좀 큰 소리로 이렇게 물었다.

「저 사람 돈 거 아닙니까? 아니면 우리를 놀리는 겁니까?」

나는 그의 물음에 대답할 필요가 없었다. 왜냐하면 바로 그 순간 연사가 그가 지금까지 여러 하등동물들을 열거한 이유를 말했기 때문이다.

「모든 것은」, 그가 지금까지의 말에 대해 이렇게 결산했다. 「자기보다 하급한 동물들을 갖고 있어서, 그것들이 묵묵히 피어나며 그를 먹여 살리는 먹이가 됩니다. 그처럼 말없는 먹이들은 스스로가 무엇인지 알지 못하지만 우리에게 세계란 무엇인가에 대해 일깨워줍니다.」

그 작달막한 남자가 물을 한 모금 마시는 사이 두 사람의 청중이 강당을 빠져나갔다. 그렇지만 강연에 실망했기 때문이 아니라 터지려는 기침을 참을 수가 없었기 때문인 것 같았다. 그 많은 청중들은 몰이해와 흥미 있어 하는 호기심 사이에서 제각각이었다. 어떤 사람은 눈썹을 치켜올렸고, 어떤 사람은 히죽히죽 웃었으며, 어떤 사람은 고개를 설레설레 흔들며 무언가 활기차게 쑥덕거렸고, 대부분의 사람들은 기대감으로 잔뜩 부풀어 있었다.

「이제 그러면 그것들에 대해서 이야기하겠습니다.」 그 작은 남자가 소리쳤다. 「우리를 황홀하게 만들기도 하고 놀래키기도 하며, 우리 눈앞에 아름다움과 더불어 존재의 냉혹성을 보여주기도 하는 다양한 모양의 존재들, 신화와 상징의 감각을 간직하고 있는 그것들, 바로 물고기들에 대해서 이야기하겠습니다.」

앗시리아인들과 이집트인들은 물고기를 신으로 받들었으며, 리키아의 사제들은 특정한 물고기가 나타나는 것을 보고 미래를 예언했다는 사실을 그는 상기시켰다. 그는 위대한 아리스토텔레스가 물고기 분류를 시도했다는 말까지 언급하고, 이어서 마침내 자신의 해양 수족관 이야기를 풀어나가기 시작했다. 그는 우리 인간들의 뿌리의 증거를 보여주는 폐어(肺魚)와 술지느러미 물고기들의 우월성을 존경 어린 마음으로 인정했고, 경린류 물고기를 등장시켰으며 시간의 깊이를 증명해 주는 연골어와 경골류 물고기 이야기도 했다. 그리고 나서 그는 미소를 지으며 이름을 하나씩 부여받은 것들은 빼놓지 않고 이것저것 되는 대로 신나게 말했다. 그는 성대, 붕장어, 두라동미리, 전기메기, 심지어 베일 금붕어에 대해서까지 말했다. 그가 자신의 해양 박물관을 이야기할 때 한 것과 같은 다채로운 색깔과 모양의 재고목록은 누구도 비슷하게라도 묘사하지 못할 것이다.

「당신은 귀상어 이야기는 빼먹었어요.」

갑자기 그 훼방꾼이 소리를 질렀다.

그러자 연사는 겸손하게 이렇게 말했다.

「물론 귀상어도 덧붙일 수 있지요. 하지만 귀상어는 자의식이나 결단력, 경계심 그리고 헤엄치는 실력에 있어서 내가 말하고자 하는 물고기에는 어림도 없습니다. 이 물고기는 해양 수족관 속의 다양한 생활을 통제하고 다스리지요. 내가 말하고자 하는 물고기는 바로 큰 농어입니다(학명은 세라누

스 기가스입니다). 페니키아의 어부들은 이미 오래 전부터 이 물고기를 주목할 만한 물고기로 여겼습니다.」

그러자 내 옆에 있던 남자는 더 이상 참지 못하고 자리에서 벌떡 일어나 큰 농어의 무엇이 그렇게 주목할 만한지 이야기해 보라고 말했다. 그러자 그 작은 남자는 흔쾌히 대답했다. 큰 농어는 어떠한 미끼로도 속아넘어가지 않으며, 따라서 무엇으로도 매수되지 않는다고 그는 확신 있게 말했다. 큰 농어는 식욕이 아주 왕성한 물고기이기는 하지만, 아무거나 먹지 않으며, 이미 페니키아 사람들이 관찰했듯이 교훈적인 원칙에 따라서 먹이를 잡아먹는다고 말을 이었다. 큰 농어는 과도하게 사치를 부리는 것을 워낙 싫어하기 때문에 주로 현란한 빛을 띤 것, 베일을 쓴 것, 요란한 장식을 한 것, 비열하게 위장한 것, 그러니까 이를테면 비늘돔이라든가 피리 물고기, 베일 금붕어 그리고 거북복 따위를 잡아먹는다고 했다. 그 물고기가 하는 역할은 거의 판사와 같다고, 아니 정확히 말하면 검사와 같다고 할 수 있다고 연사는 말했다. 다시 말해 큰 농어는 나름의 방식으로 선택을 함으로써 창조물의 책 중에 나오는 다른 것들, 이를테면 정직한 대구, 발광 물고기 그리고 유머스런 해마 등에게는 호의적으로 유리하게 작용한다고 했다. 고발과 변호는 늘 하나의 짝을 이루는 것이라고 연사는 결론적으로 말했다.

나는 다음 사실을 인정해야겠다. 처음 순간 나는 무언가 잘못 들은 걸로 생각했다. 하지만 강연장 한 모퉁이로부터 나를 향해 우뢰처럼 들려온 것은 분명 박수갈채였다. 그리고 그 작은 남자가, 큰 농어는 해양 수족관에서 어떤 면에서는 그 자체가 법률적인 원칙과 같다고 말하자 사람들은 동의하는 미소를 지어 보였다. 그 연사가 말할 때마다 말참견하고 나서던 남자가 다시 그 주목할 만한 큰 농어도 실수를 범할 때가 있지 않느냐고, 치명적인 실수를 할 때가 있지 않느냐고 묻자 사람들의 주의는 더욱 고조되었다.

「물론 그럴 수 있습니다.」 연사가 말했다. 「경험이나 출중한 판별력에도 불구하고 큰 농어도 때로는 실수를 범하지요. 그렇지만 큰 농어가 범하는 실수까지도,」 연사가 들뜬 목소리로 말했다. 「하나의 존재가 내적으로 견지할 수 있는 검사와 변호사의 동시적인 역할을 모범적으로 보여주는 것이라고 할 수 있습니다. 이것이냐 저것이냐, 궁극적인 명확성을 얻으려는 자는 실수를 범할 수밖에 없습니다. 전략적인 양시론(兩是論)만이 실수를 막아줄 뿐입니다.」

그때 내가 목격한 청중들의 태도는 앞으로도 내게 수수께끼로 남을 것 같다. 왜냐하면 연사의 말이 길어질수록, 오히려 그들이 보이던 안절부절못하던 태도와 신경질적인 반응이 눈에 띄게 가라앉았기 때문이다. 강연의 주제가 못마땅한 듯 투덜대던 한 청중은 다른 사람들의 야유를 받았으며 그를 비롯하여 강연에 불만을 품은 서너 명이 강연장을 떠나야 했다. 그 후 그 작은 남자는 강연을 토론으로 이끌었다. 그처럼 사람들이 낱낱이 파고들며 적극적으로 임하는 토론은 다시는 없을 것처럼 여겨졌다. 나는 느긋하게 연사와 청중이 주고받는 질문과 답변의 놀이에 귀를 기울였다. 어떤 사람은, 큰 농어가 갖고 행하는 기준을 이해해야 되느냐고 유쾌하게 물었다. 그러자 연사는 이렇게 대답했다.

「각자의 나름의 척도만이 있는 것이지요.」

또 어떤 사람은 해양 수족관에서 재판관인 큰 농어가 누군가에 의한 위임 같은 것을 갖고 있는 거냐고 물었다. 그러자 연사는 고개를 가로저으며 이렇게 말했다.

「그가 직무를 수행하는 것은 분명 그에게 나름대로 생각이 있어서이지요. 다시 말하자면 그가—이를테면—비늘돔의 요구와 능력을 판단할 수 있다고 스스로 생각하기 때문이죠.」

참으로 희한한 동조의 분위기 속에서 토론은 계속되었다. 연사는 어떤 질문에도 당혹해 하지 않았다. 어떤 사람이 큰 농어가 사회적인 기능까지도 수행하느냐는 질문을 했을 때에도 그는—약간 괴로운 표정을 짓기는 했지만—흔쾌히 답변을 했다.

나는 갑자기 기겁을 했다. 우연히 열린 문 쪽으로 눈길을 돌렸다가 두 명의 구급대원이 계단을 급히 뛰어 올라가는 광경을 목격했기 때문이다. 나는 그들이 어디로 가는지 금방 알았다. 나는 근심에 싸여 강연장을 빠져나왔다. 열광하고 있는 청중들의 호통소리와 따가운 눈길을 등에 받으면서.

나의 교장선생이신 블룬쉬-호흐펠스 씨는 안락의자에 앉아 신음 소리를 내면서 축 늘어진 한쪽 손을 구급대원에게 맡겨놓고 있었다. 전화로 구급대원을 부른 건물관리인은 나를 향해 주책없이 발걸음 소리를 죽이라는 손짓을 했다. 나는 그의 손짓을 무시해 버렸다. 나는 쓰러진 교장선생님의 시야 안으로 들어가서 도대체 무슨 일이냐고 물어보았다. 교장선생님은 자신의 상황에 걸맞게 아주 힘겹게 눈을 뜨더니 이렇게 말했다.

「보토 폰 지펠이…… 강연을 취소했어요. ……그 사람 여동생이 방금 전에 전화로 알려왔습니다. 그 이유라는 게 진부하기 이를 데 없어요. 자동차 사고래요.」

「하지만 그 사람 강연은 내일이지 않습니까?」

내가 말했다.

「보토 폰 지펠을 대신할 만한 인물이 없어요.」교장선생님이 말했다.「어떤 사람도 그만큼 '정신과 권력'에 대해서 강연을 할 수 없어요.」

「'정신과 권력'이라구요?」

나는 그렇게 물으면서 벌써 무언가 생각을 떠올렸다.

「그렇소. '정신과 권력'이오.」

교장선생님이 말을 반복했다. 그 순간 대강당에서 우리 쪽으로 요란한 박수갈채가 올라왔다. 예전에 한번도 들어본 적이 없는 박수갈채였다. 처음에는 우뢰처럼 쏟아지더니, 조금 있자 리드미컬하게 들려왔다.

「저 박수는 누구한테 치는 거죠?」

블룬쉬-호흐펠스 씨가 맥없이 얼떨떨한 표정으로 물었다.

그에 대해서 나는 주저없이 이렇게 대답했다.
「누구냐고요? 큰 농어를 위해서 치는 겁니다.」

공포

PANIK

공포

「판자벽은 세 단계로 넘어야 한다.」 하사가 말했다. 「도약
해서 기어오른 다음 앞으로 재주넘기를 하는 거다.」

그렇게 이론적으로 설명을 한 후 그는 잘 보라고 말하고서
직접 달음박질을 하여 장애물을 잡고 뛰어올라 전혀 힘들이
지 않고 빙글 굴러 판자벽 뒤쪽에 가서 여유 있는 미소를 지
으며 우뚝 섰다. 베르거 이등병은 무엇이 중요한지 알고 있
었다. 처음부터 그는 디딤발에 힘을 주어 펄쩍 뛰어올라야
한다는 것을 잘 알고 있었다. 한 사람의 예외도 없이 그곳으
로 온 그의 동료들은 그 앞에서 모두 그것을 해보였다. 심지
어 몇몇은 전혀 힘을 들이지 않고 웃는 얼굴로 해냈다.

「자, 베르거 이등병, 이제 다시 한번 해보자.」 하사가 말했

다. 그리고 나서 그는 구슬리는 목소리로 이렇게 덧붙였다.
「나한테가 아니라 자기자신에게 무언가 보여준다고 생각해
봐.」

　베르거는 여기저기 땜질을 한 모래밭 훈련장을 휘둘러보았
다. 훈련장은 이제 하루 일과가 끝나 황량하기 이를 데 없이
풀포기도 듬성듬성한 모래밭이었다. 이윽고 그는 먼저 판자
벽을 주시한 후 수백의 군화발이 밟고 지나가 지저분해진 둥
근 발판에 온 신경을 집중하며 장애물을 향해 달렸다. 이번
이 세번째였다. 속사총의 개머리판이 그의 등을 때렸다. 철
모가 자꾸만 미끄러져 내려서 그는 판자벽의 위쪽 가장자리
를 볼 수가 없었다. 묵직한 군화발에 모래가 곱게 부서졌다.
그는 숨을 헐떡거렸다. 그의 귀에는 그를 독려하는 하사의
짤막한 명령 소리가 들리지 않았다. 하사는 지금 베르거와
단 둘이 남아 베르거 이등병이 마침내 장애물 넘기를 해낼
수 있도록 훈련시키는 중이었다. 그가 도약을 해야 할 지점
인 지저분한 타원형 통나무가 빙글빙글 돌았다. 아니 빙글빙
글 도는 것처럼 보였다. 땀이 눈을 찔렀다. 판자벽 바로 옆에
서 있는 하사의 몸뚱어리는 자꾸만 커가는 것 같았다. 베르
거 이등병은 벽을 향해 펄쩍 뛰어오르며 양팔을 힘껏 들어올
려 장애물의 한쪽 모서리를 움켜잡았을 뿐만 아니라 뛰어오
르던 탄력을 이용하여 상체를 벽의 모서리 위에다 거의 걸칠
수 있었다. 「해냈어.」 그는 생각했다. 「드디어 해냈어.」 그는
격하게 숨을 내쉬며 마지막 분발을 위하여 힘을 모았다. 장

애물을 충분히 극복할 수 있다고 여전히 생각하고 있는데 그의 몸이 천천히 가라앉기 시작했다. 그는 있는 힘을 다해 장애물을 붙잡고 버텼다. 그는 장애물을 자기 몸 쪽으로 세게 잡아당겼다. 군화가 그 목재 장애물에 부딪치며 탁탁 소리를 냈다. 그쯤에서 그는 하사의 칭찬의 말을 들을 수 있으리라 생각하며 조금씩 기어올라갔다. 마침내 한 번 몸을 위로 솟구쳐 그는 완전히 널빤지 위로 올라가려 했다. 판자에 매달린 채 그는 힘차게 몸을 흔들기 시작했다. 격하게, 이를 악물고서. 그는 양다리를 옆으로 세차게 찼다. 장애물을 넘어보겠다는 일념으로 가득 차 있기는 했지만 그는 갑자기 딱 하는 소리를 들을 수 있었다. 그의 군화가 무언가와 직통으로 부딪친 것 같았다. 그는 하사가 그를 도와줄 생각으로 자기 아래 와 있었다는 것을 전혀 눈치 채지 못했던 것이다. 그리고 그는 휘두른 그의 군화가 하사의 턱을 때려, 그의 상관이 마치 나무토막처럼 빙그르르 돌면서 쓰러져 판자벽을 고정시키는 물체에 뒷머리를 부딪쳤다는 것도 알지 못했다.

베르거 이등병은 상체를 판자벽 위에 얹어놓고서 기진맥진하여 가쁘게 숨을 헐떡였다. 이제 그는 거꾸로 넘기를 하거나 평평하게 쳐진 가시철조망과 인접한 폭이 좁은 모래사장으로 뛰어내리기만 하면 되었다. 그는 얼른 그가 뛰어내릴 지점을 어림잡고서 잡고 있던 손아귀를 풀었다. 판자벽 바로 옆으로 뛰어내릴 것으로 확신했지만 그는 몸을 가누지 못하고서 가시철조망 쪽으로 쓰러졌다. 따끔한 통증 때문에 그는 몸을 움직일 수가 없었다. 손에서 피가 났다. 한동안 그는 일정한 간격을 두고서 솟아나는 피를 들여다보았다. 잠시 후 그는 손수건을 꺼내서 손을 칭칭 동여맸다.

하사는 판자벽을 고정시킨 물체, 즉 팽팽한 철사줄 옆에 누워 있었다. 철사줄은 쇠말뚝에 묶여 있었다. 그는 몸을 구부리고 그곳에 누워 있었다. 얼굴은 땅에다 박고 한 손은 주먹을 쥔 채였다. 베르거는 흠칫 놀라며 그를 쳐다보았다. 그는 기다렸다. 그는 하사가 혼자 힘으로 일어나리라 확신했다. 하지만 잠시 후 그는 자신의 생각이 틀렸음을 인정해야 했다. 그는 급히 무릎을 꿇고서 나직하게 하사님이라고 부르면서 그의 어깨를 건드려보았다. 그래도 그의 몸이 꼼짝하지 않자 베르거는 하사를 조심스럽게 등이 땅바닥 쪽으로 향하도록 돌린 다음 그의 얼굴을 들여다보았다. 그의 얼굴에는 경직된 고통의 표정이 서려 있었다. 베르거는 자신도 모르게 한 손을 뻗어 하사의 이마를 가볍게 쓰다듬었다. 그는 그의 손이 떨리는 것과 여린 핏자국이 그의 이마에 어리는 것을 보았다. 답답한 감정을 이기지 못해 그는 자리에서 일어섰다. 꼼짝하지 않고 있는 그 남자를 내려다보는 동안 그의 가슴속에는 불안감이 솟구쳤다. 그러한 불안감에 대해서 답을 해야 하는 듯이 그는 이렇게 생각했다.「고의로 그런 것은 아니야. 난 그럴 의향이 전혀 없었어. 내 책임이 아니야.」그는 다시 무릎을 꿇고 앉아 하사의 얼굴을 향해 허리를 구부린 다음 하사님, 하고 불렀다. 부상을 당한 그가 어서 정신을 차

리고 일어나 베르거가 일부러 그런 것이 아니라는 사실을 확
인해 줄 것을 바라면서. 하지만 그의 기다림은 헛된 것이었
다. 호흡곤란으로 헐떡이면서 그는 단 한 가지밖에 생각할
수 없었다.「끝났어. 끝났다구.」

베르거 이등병은 먼저 속사총을, 이어서 철모를 벗어 내려
놓고서 판자벽을 잡고서 일어섰다. 훈련장 위로 어스름이 내
리기 시작했다. 사방 어느 곳을 둘러보아도 사람의 모습은
보이지 않았다. 멀리 막사에는 벌써 등불이 켜져 있었다. 불
빛들은 하나의 띠를 형성하고 있었다. 그리고 도시의 하늘에
는 붉은 종이 하나 걸려 있었다. 일렁이며, 하지만 쉼없이 타
오르는 불꽃의 반사처럼 변함없이.

그는 먼저 덤불과 쌓아올린 흙벽 옆으로 난 모래 길을 따
라 서둘러 내달렸다. 그는 모형 가옥과 매립시켜 놓은 장갑
차 옆을 통과했다. 그런 다음 그는 오솔길을 버리고 용기를
내서 엉망으로 자란 척박한 소나무 보호구역을 통과하여 훈
련장을 에워싸고 있는 철조망 울타리를 향해 갔다. 그곳에
정원 집단지가 있었다. 울타리에 이르러 기어오르기 전에 그
는 한 참호 속으로 뛰어들어 몸을 웅크리고 앉아 심장의 박
동소리가 들릴 정도로 땅에다 몸을 밀착시켰다.「아니야, 아
니야, 내가 일부러 그런 게 아니야. 그건 사고였어. 그가 주
의하지 않은 거야. 그가 내 발동작을 예측하지 못했기 때문
에 얼굴에 정통으로 맞은 거야. 그것을 그는 진술하고 확인
하고 조서에 써넣도록 말하겠지. 그는 그렇게 해야 해. 꼭 그

렇게 해야 해. 만일에 그가……」

　베르거 이등병은 머리를 쳐들고 주위를 살피다가 참호에서 기어나와 철조망 울타리를 향해 움직여 갔다. 그는 손의 통증을 느끼지 않았다. 다만 철조망의 그물코를 꼭 움켜잡았을 때만 그는 찌르는 듯한 통증과 약간의 얼얼함을 느꼈을 뿐이다. 첫번째 시도에서 그는 이미 장애물에 기어올라 거꾸로 돌기를 하여 내린 다음 몸을 구부리고서 정원 집단지를 향해 달려갔다. 조그만 판잣집들은 거의 예외 없이 어둠에 싸여 있었다. 그는 그 집들 옆을 지나게 되었다. 그가 어느 집으로 들어갈까 막 생각하고 있는데 갑자기 그를 부르는 소리가 들렸다. 어느 상냥한 목소리가 어서 가까이 와서 벤치에 앉으라고 권했다. 그를 이웃으로 생각하는 것 같았다. 그는 머뭇거리면서 무릎 높이밖에 되지 않는 작은 문을 열었다. 그곳의 벤치에 한 남자가 앉아 있었다. 채광창처럼 생긴 창문으로부터 새어나오는 가냘픈 불빛으로 그 사람이 노인네임이 확실했다. 베르거는 그 사람을 향해 걸어갔다. 노인은 베르거를 잠깐 훑어보더니 입에서 파이프를 빼지 않은 채 이렇게 말했다.

　「이보게, 군인. 길을 잃었나 보지? 누구를 찾는가?」

　「저는 부상을 입었습니다. 손에 말입니다.」

　말한 내용을 증명해 보이기 위해서 그는 손수건으로 동여맨 손을 불빛을 향해 내밀었다.

　「자네들한테는 늘 무슨 일이 일어나지.」 노인이 말했다.

「심각한 일은 아니더라도 무슨 일인가 늘 생겨.」

베르거는 여기서 그냥 떠나서는 안 된다는 것을, 다시 말해서 그가 이곳에 나타난 까닭을 만들어놓아야 한다는 것을 알았다. 그래서 그는 이렇게 물었다..

「혹시 일회용 밴드나 반창고 같은 것 좀 있습니까?」

노인은 잠시 생각하더니 이렇게 말했다.

「그런 거는 군인들이 늘 지니고 다니는 게 아닌가? 조그만 반창고통 같은 거 말일세. 옛날에 우리는 그걸 모두 상의 왼쪽 주머니에 넣고 다녔지..」

「유감이군요..」

베르거가 그렇게 말하고서 막 등을 돌리려고 하는데 노인이 자리에서 일어서더니 그에게 집 안으로 들어가자고 권했다.

그들은 방으로 들어갔다. 가구들이 초라했다. 침대 두 개, 의자 두 개, 거칠게 생긴 나무 탁자 하나가 고작이었다. 탁자 위에는 파란색 커피 주전자가 한 다발의 야생초를 위한 꽃병 대용으로 놓여 있었다. 전기 레인지 앞에는 한 땅딸막한 여자가 서서 깡통에 든 내용물을 탁 소리를 내며 냄비에다 집어넣고 있었다.

「카린.」 노인이 말했다. 「여기 이 군인은 우리 옆의 부대에서 왔는데, 손을 다쳤어. 혹시 반창고 있지?」

그 여자는 등을 돌리더니 인사치레로 그저 고개만 끄덕였다. 그리고 나서 그녀는 베르거에게 의자에 앉으라고 손짓을 보냈다. 그녀는 선반에서 양철통 하나를 내리더니 거기서 붕대와 가위를 끄집어냈다. 이어서 그녀는 아무 말없이 다친 그의 손을 잡고서 손수건을 풀어냈다.

「유리조각에 다쳤수?」

그녀가 물었다.

「가시철조망에 찔렸습니다.」 베르거는 그렇게 말하고 나서 또 이렇게 덧붙였다. 「훈련장 주위로 쳐진 가시철조망 울타리 말입니다.」

그는 그녀가 그를 좀 미심쩍은 눈초리를 훑어보고 있다는 느낌을 받았다. 그녀와 그녀의 남편이 서로 눈짓으로 무언가를 주고받는 듯한 생각이 불현듯 들었다. 아무 말도 하지 않은 채 서둘러 붕대를 그의 손에다 능숙하게 감는 동안 그녀는 철저히 그의 눈길을 피하는 것 같았다. 그러더니 그녀는 그에게 그런 생각이 오랫동안 들게 하지 않으려는 듯 바쁘다는 핑계로 다시 그녀의 전기 레인지 쪽으로 돌아갔다. 노인은 붕대로 감아놓은 손을 들여다보더니 만족해 하는 것 같았다. 기분이 좋아진 그는 여자를 향해 물었다.

「카린, 세 사람이 먹을 만큼의 음식이 있는가?」

그녀는 대답하지 않았다. 베르거는 그녀의 침묵에서 거절 외에 다른 것을 읽을 수 없었다. 베르거는 노인에게 고맙다고 인사를 한 후 밖으로 나왔다. 그는 그 여자가 당장 그 노인에게 달려들어 바가지를 긁으면서 그녀가 그를 믿지 못한 여러 가지 이유를 열거할 것이라고 확신했다.

　베르거 이등병은 정원 집단지를 이리저리 거닐었다. 지나가던 사람들이 때때로 그에게 인사말을 건넸다. 그때마다 그는 나직하게 응답했다. 한번은 한 마리 개가 그를 향해 마구 짖어댔다. 한 꼬마가 이름을 불렀을 때야 비로소 그 개는 짖는 일을 멈추었다. 그가 걷고 있는 길은 아스팔트가 깔린 광장으로까지 이어졌다. 광장 옆에는 어느 버스 노선의 종점이 위치해 있었다. 위장복 속의 셔츠가 피부에 달라붙었다. 훈훈한 저녁이었고 부드럽고 온화한 바람까지 불었지만, 베르거는 온 몸이 으스스했다. 버스 정류장의 대기용 오두막에 사람이 없다는 것을 확인한 후 그는 광장을 건너가 많이 마모된 벤치에 가서 앉았다. 「그 사람을 그냥 내버려두고 떠나지 말았어야 하는 건데. 그곳에서 기다리거나 다른 곳으로 그를 이송하거나 다른 사람에게 도움을 청했어야 하는 건데. 왜 그렇게 하지 않았나, 그들 모두 내게 그렇게 물을 거야. 당연히 해야 할 일을 내가 게을리했기 때문에 그들은 내게 의심을 품을지도 몰라. 빅토르도 내가 복수심이나 증오심에서 고의적으로 그렇게 행동했다고 나를 의심할지도 몰라. 복도에서 내게 '그 밀가루 봉지한테 뭔가 보여줘봐. 그 사람한테 너무 겁먹지 마. 본때를 보여주라구'라고 속삭였던 빅토르가 말야. 하지만 이젠 너무 늦었어. 지금쯤 그들은 우리가 없어졌다는 것을 확인했을 거야. 대대적인 수색이 시작되었을지도 몰라. 만약 그가 정신을 되찾지 못한다면……」
　베르거 이등병은 자리에서 벌떡 일어나 바지 뒷주머니에서 돈지갑을 꺼내 돈을 세어보았다. 10마르크짜리 지폐가 아직 두 장 있다는 것을 그는 확인했다. 사실 그가 지갑을 꺼낸 것은 아직도 그것들, 다시 말해 10마르크짜리 지폐 두 장과 몇 개의 마르크 동전이 수중에 있다는 것을 확인하기 위해서였다. 지금 그는 빅토르에게 50마르크 지폐를 주지 말걸 하는 생각을 했다. 빅토르는 그의 위 침상을 쓰는 가장 친한 동료였다. 베르거는 언제나 내무반을 즐겁게 만들고 훈련에서도 모범을 보이는 빅토르가—특히 하사가 그에게 대놓고 호감을 보였기 때문에—이번의 사고를 어떻게 해석하고 어떤 의견을 말할까에 대해서 떠올려보려고 애를 썼다. 빅토르는 그의 고의성을 들먹이며 그에게 유죄판결을 내릴까? 그는 하사에게 밀가루 봉지라는 별명을 지어준 것이 빅토르라는 사실도 생각하지 않을 수 없었다. 그것은 그들이 그들의 상관이 빵굽는 법을 정식으로 배운 사람이라는 사실을 알고 나서 지은 것이었다. 빅토르를 비롯한 몇몇 사람이 설사 베르거가 증오심에서 고의적으로 그렇게 행동했을 것으로 의심한다고 해도 그 자신은 이 순간 단 한번도 하사를 증오한 적이 없었음을 확신했다. 그를 향해 욕을 하기는 했지만, 단 한번도 미워한 적은 없었다. 앞으로 언젠가 그들이 그를 고소할 경우 바로 이러한 점을 양심껏 주장하고 또 조금의 흔들림도 없이 진술하리라고 그는 생각했다.

버스에 타고서—종점에서 탄 사람은 그밖에 없었다—그는 최종적으로 빅토르의 여동생 안야를 찾아가기로 결심했다.

안야와 그녀의 양친은 그가 그 도시에서 알고 있는 유일한 사람들이었다. 빅토르는 근무가 없는 주말에는 자주 베르거를 자기 집에 초대했으며, 그들 세 사람은 가끔 해변이나 들로 드라이브를 하기도 했다. 안야는 그들의 드라이브 길에 늘 동행했다. 그녀에게 도대체 무엇을 부탁해야 할지 그는 아직 알지 못했다. 그는 그저 자신에게 일어난 일을 이야기하기로 마음먹었다. 오직 거기서 그는 약간 마음의 안정을 기대할 수 있었다.

시내가 가까워질수록 버스는 사람들로 들어찼다. 베르거는 차에 오르자마자 선뜻 눈에 들어온 뒷좌석에 쪼그리고 앉은 채 이마를 차창에 대고 바깥을 응시했다. 그는 요지부동으로 그런 자세로 앉아 있었다. 마치 그 꼴이 그는 누구도 그에게 말을 걸어오는 것을 원치 않는다는 것을 이해시키려고나 하는 것 같았다. 그는 곁눈질로 자기 앞에 어느새 두 여자가 와서 서 있음을 알아챘다. 그들 중 한 여자에게 그의 자리를 양보하기는커녕 그는 더욱 몸을 웅크리고 붕대를 감은 손을 들어 얼굴을 가렸다. 그는 버스 운전사가 마이크로 알려주는 정거장들의 이름을 주의 깊게 세어보았다. 자신이 어디서 내려야 하는지 잘 알고 있었지만 그는 일찍 내려버렸다. 너무 급하게 뛰어내리는 바람에 그는 하마터면 고꾸라질 뻔했다. 위쪽을 쳐다보다 그는 한 얼굴과 마주치고서 깜짝 놀랐다. 한쪽 팔을 뻗어 그를 붙잡아준 그 남자의 캐묻는 듯한 조용한 눈초리가 그의 하사와 똑같았기 때문이었다.

베르거 이등병은 종이초롱으로 장식된 모터 보트가 지나가는 광경을 구경하기 위해서 다른 몇몇 사람들처럼 다리 위에서 발걸음을 멈추지는 않았다. 그는 높은 가로등들의 불빛으로부터 벗어나기 위해 발걸음을 재촉했다. 그는 운하를 끼고 난 조용한 도로에 이르러서야 비로소 발걸음을 늦추었다. 뒷마당이 딸린 그곳의 큰 집들은 일부러 뒤쪽으로 물러서 있는 것 같았다. 빅토르의 초대를 받아 들어갔던 예전의 집도 마찬가지였다. 그는 힘들이지 않고 그 집을 다시 찾아냈으며 뜰 안으로 발걸음을 옮긴 후 사람키보다 훨씬 큰 석남초들 사이로 들어섰다. 나뭇가지를 약간 옆으로 치우자 환하게 불이 밝혀진 거실이 눈에 들어왔다. 안야는 거실에 없었다. 그녀는 그녀의 방에도 없는 것 같았다. 왜냐하면 그녀의 방의 창문이 캄캄했기 때문이다. 검은 옷을 입은 키가 큰 남자 하나가 유리잔을 손에 들고 이리저리 발걸음을 옮기면서 안락의자에 앉아 침착하게 그의 말을 듣고 있는 한 여자를 향해 쉬엄쉬엄 무슨 말인가를 건넸다. 그들은 안야의 부모였다. 베르거의 머리에는 자신도 모르게 첫번째 만남의 장면이 떠올랐다. 치즈 퐁뒤(녹인 치즈에 조미료와 백포도주, 달걀, 버터 등을 섞어 향기를 낸 스위스 기원의 화이트 소스 같은 냄비요리—역주)가 곁들여진 저녁식사였다. 식탁에 둘러앉아 식사를 하는 동안 안야의 아버지는 자유분방한 호기심으로 그의 이력과 출신과 학교, 그리고 장래의 계획 등에 대해서 물어보았다. 그는 아무 거리낌없이 그런 말을 마구 지껄여댔다. 그러자 이윽고 빅토르가 조롱하는 조로 이렇게 말했다.

「아버진 지금 편찮으시잖아요.」

그러자 빅토르의 아버지는 미소를 지으며 베르거를 향해 건배를 하고서 나중에 요즈음의 젊은이가 조류학에 대해서 궁금해 하는 점을 이야기해 주겠다고 말했다. 베르거가 조류학 공부에 대한 자신의 생각을 말하자 그는 믿기지 않는다는 표정을 지었다. 세계의 몇 가지 비밀 속으로 들어가서 그 숨겨진 아름다움을 캐내는 일은 다른 분야에도 적용될 수 있는 사항이라고 빅토르의 아버지는 말했다. 안야는 아버지의 말에 반기를 들고 베르거의 편을 들었다. 그녀는 이렇게 말했다.

「아주 소중한 비밀은 이용하면 안 돼요.」

완전히 탈진하여 베르거는 석남초들 아래 땅에 털썩 주저앉았다. 그는 다리를 몸 쪽으로 당긴 다음 무릎 위에 머리를 올려놓았다. 운하로부터, 지나가는 모터 보트로부터 고전적인 재즈 음악이 들려왔다. 도망쳐 나온 뒤 처음으로 그는 허기를 느꼈다. 그는 나중에 다리 옆에 있는 보트 대여점으로 내려가기로 결심했다. 그곳에 한밤중까지 문을 여는 매점이 하나 있었다.─「지금쯤 그들은 그를 발견했을 거야. 아니면 그는 제힘으로 걸어서 부대로 돌아갔을지도 몰라. 빅토르뿐만 아니라 대부분의 사람들이 하사가 나와 함께 무엇을 하려 했는지 다 알고 있어. 장애물 넘기 훈련이지. 그것은 그의 소대원 모두가 한 사람도 빠짐없이 판자벽을 넘었다는 것을 상관에게 보고하기 위한 그의 개인 훈련이었어. 그는 우리를 자랑거리로 삼아보려고 했지. 그래서 그는 모범을 보여줘야 할 때면 몸도 아끼지 않았어. 우리들 앞에서 적진에서 숨어 지내며 살아남는 법에 대해서도 시범을 보여주었지.—여기 주목. 버드나무 이파리는 샐러드나 다름없이 몸에 좋다. 그리고 여기 이 평범한 풀에서 귀관들은 많은 것을 얻어낼 수 있다. 썩어 문드러진 막사에 사는 풍뎅이들, 특히 유충들, 그리고 단백질이 있는 모든 것에서 유익한 것을 얻을 수 있다. 베르거 이등병, 여기 이 달팽이를 깨물어 먹어봐라. 여기 이 살아 있는 맛있는 먹을 거리를 깨물라고 명하는 바다. 불을 켜면 귀관들은 불과 몇 분 안에 끝장날 테니까 하는 말이다. 그래서 나는 두 눈을 꼭 감고 그걸 깨물었어. 그런 다음 마구 토했지. 훈련이 계속되는 동안 그가 나를 못 본 척한 데 대해서 난 별 생각이 없었어. 목표물 묘사 훈련이 있은 소택지에서 비로소 그는 나를 향해서 공중에서 서로 부리로 쪼아대며 싸움박질을 하고 있는 큰 새들의 이름이 뭐냐고 물었지. 나는 그에게 그건 짝짓기를 준비하고 있는 왜가리들이라고 말할 수 있었지.」

베르거는 담배를 피우고 싶었다. 하지만 그는 담뱃불을 붙일 엄두를 내지 못했다. 혹시 그 작은 불꽃 혹은 불덩어리가 그의 위치를 노출시키지 않을까 하는 두려움 때문이었다. 그는 가끔씩 거실 안을 들여다보았다. 안에서는 안야의 아버지가 여전히 훈계를 하는 듯한 태도로 이리저리 왔다갔다 하고 있었다. 그는 단 한순간 별로 달갑지 않은 전화 때문에 이야기를 중단했을 뿐이었다. 안야가 돌아왔다. 그녀는 정원 문 옆에 있는 외등에 불을 켰다. 눈이 부시도록 밝은 빛이 덤불의 윤곽과 세세한 그림자를 뚜렷하게 해주었다. 포석을 깔아놓은 매끄러운 사잇길은 하얀 빛을 던졌다. 약간 저는 걸음걸이로 안야는 다가왔다. 그녀는 둥글고 큰 신발을 신은 그녀의 왼발을 세차게 내디뎠다. 그 소리는 마치 그녀가 다가가고 있다는 것을 알리려는 듯이 들렸다. 베르거가 부르는 소리에 그녀는 금방 걸음을 멈추고 그를 놀란 눈으로 쳐다보며 이렇게 물었다.

「프랑크, 여기서 뭐 하는 거예요? 손은 왜 그래요?」

「당신하고 이야기 좀 해야겠어요.」 그가 말했다. 「잠깐이면 돼요.」

「안으로 들어가요.」

그녀가 말했다. 그러자 그가 급히 이렇게 말했다.

「나 좀 도와줘야겠어요. 내게 일이 생겼어요. 내 책임이 아니에요.」

「어서 안으로 들어가요.」 안야가 다시 말했다. 「부모님이 벌써부터 나를 기다리고 계세요.」

홀쭉하고 영리하게 생긴 그녀의 얼굴에 걱정의 표정이 서렸다.

「제발 부탁이오.」 그렇게 말하면서 그는 그녀의 손을 잡았다. 「부탁이오, 안야. 당신은 날 도와줄 수 있어요. 하지만 그건 우리들만의 비밀로 남아 있어야 해요. 나는 지금 사실만 확인하면 돼요.」

그녀는 당혹스런 표정으로 그를 쳐다보았다. 그리고 이렇게 물었다.

「확인이라뇨? 도대체 무엇을 확인한다는 거죠?」

「빅토르에게 전화를 걸어줘요.」 그가 말했다. 「부대로 말이에요. 당신이 절박하게 말하면 빅토르가 위병소에 있는 전화를 받으러 나올 수 있을 거예요. 근무시간이 끝나서 사무실에는 사람이 없을 테니까요.」

「프랑크, 지금 무슨 소리를 하는 거죠?」

그렇게 물으면서 그녀는 그를 집 안으로 데리고 들어가려고 했다. 하지만 그가 격하게 뿌리치는 것을 보고 그녀는 그것을 포기했다.

「당신은 빅토르에게 하사를 보았는지, 아니면 그에 대한 무슨 소리를 들었는지에 대해서 물어보기만 하면 돼요.」 베르거가 말했다. 「그 이상은 필요없어요.」

「하사에 대해서요?」

「그래요.」 베르거는 그렇게 말하면서 이렇게 덧붙였다. 「제발요. 어서 빅토르에게 전화를 해봐요. 나와 관계된 몇 가지 일이 그의 소식에 달려 있어요. 여기 밖에서 당신을 기다리고 있을게요.」

안야는 잠시 침묵하더니 이렇게 말했다.

「좋아요. 전화를 걸게요. 하지만 그 일이 끝나면 집 안으로 들어가는 거예요. 약속할 수 있어요?」

「약속할게요.」

그가 말했다.

베르거 이등병은 석남초들 사이에 숨을 곳을 찾은 다음 안야가 거실로 들어가 그녀의 어머니의 어깨를 툭 치고 또 그녀의 아버지 앞으로 다가가서 그의 술잔에 술을 더 따라부으면서 쉬지 않고 말을 하는 광경을 바라보았다. 지나가는 투로 귀가가 늦은 데 대해서 설명하는 것 같았다. 술병을 다시 제 위치에 갖다놓은 뒤 그녀는 마음을 가다듬고서 그녀의 태도를 통해 주위를 환기시키려는 것 같았다. 베르거는 그녀의 모습에서 이야기의 실마리를 꺼내는 데 있어서의 어려움을 보는 것 같았다. 이윽고 그녀가 말을 시작했을 때 그는 그녀가 그와의 뜻하지 않은 만남에 대해서 이야기하고 또 그를 위해서 무언가 한 가지 물어보기 위해서 빅토르에게 부대로 전화하는 일을 부탁받았다는 이야기를 하고 있음을 확신했다. 그녀가 정원 쪽으로 눈길을 주지 않는 것을 그는 그가 바로 그곳에 와 있다는 사실을 숨기고 또 그가 그녀의 이야기를 기다리고 있다는 사실을 말하지 않으려는 의도로 해석했다. 그녀는 갑자기 말을 멈추더니 전화기가 놓인 탁자를 향해 걸어갔다. 하지만 그녀가 미처 탁자에 도달하기도 전에 아버지가 벌써 수화기를 집어들고 쪽지를 펼쳐놓고는 다이얼을 돌렸다. 베르거는 그것이 부대 전화번호임을 믿어 의심치 않았다. 상대방이 나오기까지는 한참 걸렸다. 안야의 아버지는 한 손으로 수화기의 듣는 부분을 가리고서 호통치는 투의 말을 하는 것 같았다. 마침내 그는 아주 짧고 명료하게 몇 마디만 말했다. 그런 다음 그는 가만히 기다렸다. 베르거는 그들이 빅토르를 전화기 앞으로 불러내는 광경을 떠올렸다. 빅토르가 타일을 깐 복도로 마구 달려오는 모습이 눈에 선했다. 베르거는 나뭇가지 하나를 손으로 움켜잡고 꾹 찍어누르면서 천천히 한쪽 옆으로 휘면서 밀었다. 거실에서 일어나는 움직임이나 표정 하나도 놓치지 않겠다는 것 같았다. 안야도 극히 긴장된 모습을 보였다. 그녀는 아버지 바로 옆으로 다가갔다. 전화 내용을 같이 듣고 싶어하는 것 같았다. 통화는 일 분도 채 걸리지 않았다. 안야의 아버지는 거의 되묻지 않았다. 그는 고개를 숙인 채 서 있었다. 그러더니 그는 뜻밖에도 수화기를 내려놓았다. 무언가 어떻게 손을 쓸 수 없는 일에 대해서 들은 듯한 체념 어린 동작으로 아주 천천히.

베르거는 그 동작을 놓치지 않았다. 그는 온 몸이 오싹했다. 그는 가슴에 격한 압박감을 느끼면서 잡고 있던 나뭇가지를 탁 하고 놓았다. 그리고는 그는 비틀거리면서 덤불 속에서 빠져나와 사잇길의 포석에 들어서서 금방 다시 몸을 가눈 다음 정원문을 밀쳐 열었다. 그는 달렸다. 한 번 그의 이름을 부르는 소리를 들은 것 같았다. 그렇지만 그는 멈추지 않았다. 그는 달렸다. 그는 다리의 불빛들을 향해 내달렸다. 불빛들은 눈물로 흐려진 듯 한 꺼풀 베일이 씌어져 있는 것 같았다. 가쁜 호흡이 다시 진정될 때까지 그는 다리 위에 서 있었다. 그는 미동도 하지 않은 채 아직 문을 닫지 않은 매점을 내려다보았다. 하지만 무언가를 먹고 싶다는 생각은 전혀 없었다. 「그들은 그를 발견했어. 그들은 그를 찾아 헤매다가 판자벽 옆에서 발견한 거야. 안야의 아버지는 그 사실을 듣고서 아무 말도 할 수가 없었던 거야. 그는 너무나 넋이 빠져서 아무 말도 더 이상 할 수가 없었던 거야. 그는 하마터면 수화기를 손에서 놓칠 뻔했어. 이젠 안야 아버지도 그 일이 의도적으로 일어났다고 생각할 거야. 내가 지금까지 당한 모든 굴욕감을 복수하기 위해서 저지른 일이라고 말야. 하지만 안야는 그렇게 생각하지 않을 거야. 그녀는 언제나 내 편을 들어주었어. 그녀는 나와 편을 먹고 빅토르에게 대항했었지. 빅토르가 너무 심한 농담을 할 때면 그에게 해명을 요구하기도 했어. 설사 일이 그렇게 밝혀진다고 해도 안야는 내 편이 되어줄 거야……」

세 명의 군인이 탄 노 젓는 보트가 선창을 들이받았다. 그들을 향해 던진 밧줄을 붙잡고 있던 보트 대여업자는 대담하게 선창으로 껑충 뛰어들어 팔짱을 낀 채 매점을 향해 걸어가는 군인들을 꾸짖었다. 베르거는 그들의 얼굴을 알지 못했지만, 그들을 피하는 게 좋으리라고 생각했다. 그래서 그는 다리에서 도망쳐 공공 녹지시설 안으로 접어들었다. 이미 공적이 잊혀진 한 장군을 위한 기념물 쪽에 도착했을 때 갑자기 안야의 목소리가 들리는 것 같았다. 그녀는 그를 불렀다. 그는 적어도 그녀의 침착한 외침소리가 자기를 부르는 것이라고 생각했다. 잠시 머뭇거린 후 그는 발걸음을 멈추고 뒤를 돌아다보았다. 안야의 모습은 보이지 않았다. 안야가 그에게 키스를 해주었던 생각이 떠올랐다. 그것은 단 한 번이었다. 그것은 그가 그녀를 위해 상태가 엉망인 미끄러운 숲길을 건네준 대가로 해준 키스였다. 숲길 곳곳에는 발목이 빠질 만한 웅덩이들이 산재해 있었다. 빅토르는 베르거가 그렇게 자기 여동생을 데려다준 것을 좋게 생각했지만 그저 히죽거리는 투로 이렇게 말했을 뿐이다.

「안야는 빚을 금방 갚는 걸 좋아하지.」

정해진 목표도 없었지만 그는 서둘러 녹지시설을 벗어나 불빛이 밝은 상점가를 향해 발걸음을 재촉했다. 그곳에 도착하자 그는 발걸음을 훨씬 늦추었다. 그는 가끔 쇼윈도 앞에서 발걸음을 멈추고서 가구라든가 옷가지, 탑처럼 쌓아올린 식료품 따위를 구경했다. 무관심하게, 마치 지금 그가 바라보고 있는 것에 대해 아무런 생각도 없는 듯한 태도로. 갑자기 그는 훈훈한 한 줄기 공기 속으로 끼어들었다. 연기가 그를 향해 불어왔다. 연기는 문을 열어놓은 길모퉁이의 한 술집에서 흘러나오는 것이었다. 술집의 문 위에는 전기로 환하게 밝힌 초록색 글씨로 '부엉이에게로'라는 간판이 붙어 있었다. 베르거는 술집 안으로 들어갔다. 손님이 별로 없는 것을 확인하고서 그는 안심했다. 그는 테크의 높은 의자에 가서 앉았다. 그는 콜라 한 잔을 주문하고서 박제가 되어 있는 부엉이를 올려다보았다. 부엉이는 나뭇가지에 꼼짝 않고 앉아 술집을 망보는 것 같았다. 그는 소금을 뿌린 흰빵 과자가 담긴 접시를 슬쩍 자기 몸 쪽으로 끌어당겨 몇 개를 입에 넣은 다음 곧이어 아몬드를 몇 개 움켜잡았다. 그것을 본 주인은 그에게 음식을 시키겠느냐고 물었다. 데우지 않고 먹는 음식은 아직 주문이 가능하다고 말했다. 베르거는 고개를 가로젓고 콜라로 족하다고 말했다.

마른 남자 하나가—턱은 쑥 들어가고 머리카락은 가늘고 뒤엉킨—베르거의 옆에 와서 앉더니 그를 향해 큰 맥주잔을 들었다. 그는 남은 술을 베르거 이등병의 건강을 위해 건배했다. 그리고 나서 그는 잠시 무표정한 눈빛으로 그를 처다보더니 이렇게 말했다.

「군인들은 사람이 무엇을 필요로 하는지 잘 알지. 군인은 다른 사람을 위해 존재하지, 그렇지 않나? 군인은 인심이 후한 법이야, 그렇지 않나?」

주인이 조용히 그 남자를 향했다. 그는 다정한 경고의 목소리로 이렇게 말했다.

「알폰스, 자네 자리로 가, 괜히 시비 걸지 말고 어서 사라지라니까.」

「너무 무섭게 굴지마, 요제프.」 그 남자가 말했다. 「이 군인이 나한테 한턱 내겠대. 그렇지 않나? 맞지?」

베르거는 난감한 표정으로 주인을 처다보며 이렇게 말했다.

「말도 안 되는 소리군.」 그리고 나서 그는 얼른 덧붙였다.

「내 계산 좀 해줘요.」

「제 몫을 각자 계산하자는 말, 그건 주변 사람한테 자신이 얼마나 많은 신세를 지고 있는지를 모르는 군인이나 하는 말이야.」 그 남자가 말했다. 「계산하고서 슬쩍 도망치려는 속셈이시군, 그렇지 않나? 부대로 돌아가려는 거지, 귀영신호가 울리기 일 분 전에, 그렇지?」

주인은 한 손을 그 남자의 어깨에 올려놓고 다시 한번 이렇게 말했다.

「알폰스, 어서 자네 자리로 가. 여기서 쓸데없는 수다 떨지 말고.」

베르거가 계산을 하는 동안, 그 남자는 자신의 시계를 들여다보았다. 시간을 읽는 일이 쉬운 것 같지 않았다. 그러자 그는 당황하여 겸연쩍은 웃음을 터뜨렸다. 하지만 다음 순간 그는 이렇게 말했다.

「끝났어. 자네 귀영신호는 이미 오래 전에 끝났어. 군인 양반. 자넨 벌써 한 시간 전부터 구들장을 짊어지고 있어야 했어. 내일이면 그들은 그에 대해 자네 목덜미를 잡고서 보고서를 쓰라고 할 거야. 당연한 일이지, 군인 양반.」

베르거는 아직 콜라를 다 마시지 않았지만, 높은 스탠드 의자에서 잽싸게 내려와 출구 쪽을 향해 걸어갔다.

「당신 모자요.」 주인이 그의 등뒤에 대고 소리쳤다. 「모자 안 쓰고 왔었나요?」

베르거의 귀에는 그 말이 들리지 않았다. 그는 갑작스런 두려움에 휩싸여 서둘러 도로로 나왔다. 그는 숨을 헐떡이며, 지나가는 사람들에게는 별로 신경을 쓰지 않으며 늘어선 쇼윈도들 곁을 빠른 걸음으로 지나갔다. 그는 이따금 등을 돌려 뒤쪽을 쳐다보았다. 그의 몸이 가볍게 떨려왔다. 그는 그런 몸으로는 더 이상 갈 수 없다고 생각하며 어딘가 가서 좀 앉아야겠다고 생각했다. 어린 여자애의 손을 잡은 한 여자가 아주 큰 집으로 들어갈 때 그도 그들의 뒤를 따라붙었다. 여자애가 그를 진지한 눈빛으로 쳐다보았다. 그는 그 아이를 향해 눈을 찡긋해 보였다. 그는 뒤로 처졌다. 그들의 발걸음 소리가 그의 머리 위로 사라진 후 그는 계단에 앉아 머리를 벽에 기댔다. 붕대 끄트머리가 느슨하게 풀려 있었다. 그는 입을 이용해서 그것을 꼭 동여맸다. 「집으로 가는 거야. 집으로 가는 수밖에 없어. 하노버 행 기차가 아직 분명히 있을 거야. 차표 없이 가는 거야. 검표원이 들어오면 화장실로 숨는 거야. 그렇지만 한밤중에 내가 잠드신 부모님을 깨우면 그분들은 뭐라고 말하실까. 저 왔어요. 훈련을 하다가 사고가 생겼어요. 고의로 그런 게 아니에요. 내가 그 사람한테 단 한마디도 악의 있는 말을 하지 않았다고 아버지 어머니께서 증언해 주셔야 해요.─나는 그 사람을 존경해요. 나는 그 사람이 무사하기를 바랄 뿐이에요. 내 말을 믿어주셔야 해요.」

　조그만 털북숭이 개가 그를 보고 짖어댔다. 그러나 한 여자가 개의 이름을 부르자 그 개는 그를 향해 꼬리를 흔들며 다가왔다. 베르거는 길을 비켜주기 위해 자리에서 일어섰다.

하지만 그 여자는 그의 앞에 멈추어 서더니 붕대가 감긴 그의 손을 가리키며 넘어져서 그런 건지, 도움이 필요한지, 그녀가 그를 위해 할 일이 없는지 등등을 물었다. 베르거가 아무 말도 하지 않자, 그녀는 누구한테 가는 건지 물으면서 그를 위해 기꺼이 초인종을 누르고 또 그의 이야기를 해주겠노라고 말했다. 베르거 이등병은 그녀에게 고맙다고 말했다. 그는 한 손으로 벽을 짚으면서 계단을 내려가기 시작했다. 걸음걸이가 서툴고 불안했기 때문에 그 여자는 혹시라도 그가 넘어지지 않을까 걱정하며 자신도 모르게 그의 뒤를 따랐다.

「원하신다면 구급의를 불러줄 수 있어요.」 그녀가 말했다. 「내 집에 가서 의사를 기다리면 돼요. 나는 바로 위층에 살고 있거든요.」

「고맙습니다.」 베르거가 말했다. 「고맙습니다. 벌써 괜찮아졌어요.」 그는 허리를 구부려 개를 슬쩍 쓰다듬었다.

밖에는 바람이 완전히 잠들어 있었다. 상점들은 아직도 불을 밝히고 있었다. 하지만 이 시각에는 어느 누구도 진열된 상품에 관심을 보이지 않을 것이다. 지금 거리를 걷고 있는 사람은 목적지만을 생각하고 있을 것이다. 구급차 한 대가 사이렌은 울리지 않고 경광등만 켠 채 지나갔다. 신호등이 빨간색에서 초록색으로 갑자기 바뀌었다. 베르거는 빠른 걸음으로 횡단보도를 건넌 뒤 한 카메라 상점 앞에서 걸음을 멈추었다. 여권 사진, 그리고 가족 사진을 찍는다는 광고 문

구가 보였다. 진열장의 삼분의 일을 차지하고 있는 텅빈 사
진틀이 얼굴들을 기다리고 있었다.

그들이 실탄 사격을 위해 출동하던 그날 아침이 갑자기 생
각났다. 쾌청하고 쌀쌀한 아침이었다. 개별사격과 연속사격
이 계획되어 있었다. 어느 누구도 빅토르와 북해의 한 섬에
서 온 말수가 적은 닐스만큼 사격을 잘하지는 못했다. 그러
나 베르거도 그 두 사람과 거의 맞먹는 사격 솜씨를 보여주
었다. 하사는 놀라지 않을 수 없었다. 그래서 하사는 동료들
앞에서 그를 칭찬했다. 하지만 두번째 사격에서—물론 그 자
신도 왜 그랬는지 그 까닭을 몰랐지만—그는 한없이 곤두박
질했다. 전 소대원 중에서 최악의 결과였다. 이것이 하사가
그를 한쪽으로 불러내 남들 다 보는 앞에서 불신감을 표출하
는 계기가 되었다.

「일부러 그런 거지, 베르거.」그가 말했다.「귀관은 내 눈
을 속이지 못한다.」그리고 나서 그는 또 이렇게 말했다.「그
런 일은 있을 수 없어. 그처럼 명중탄의 차이가 날 수는 없다
는 말이야. 도대체 귀관이 그런 행동으로 무엇을 의도하는지
나는 모르겠다. 그러나 나는 귀관이 나한테 도전하지 않는
것이 좋을 거라고 충고해 주고 싶다.」

베르거는 결코 의도적으로 사격을 엉망으로 한 게 아니라
고 맹세코 주장했지만 아무 소용이 없었다. 하사의 불신감을
그는 불식시킬 수 없었다.

그 사건을 생각하자 그는 불안해졌다. 하사가 품었던 의혹

이 나중에 얼마나 중대하게 작용할지 정확히 말할 수는 없지만 어찌되었건 당시 그에게 불리한 일이 발생했음을 그는 알아차렸다. 몸을 돌리다가 그는 길다란 거울에 비친 자신의 얼굴을 발견했다. 하지만 그는 그게 자신의 얼굴임을 확인했을 뿐 거기에 전혀 신경을 쓰지 않고 계속해서 걸어갔다. 그는 쥐죽은 듯한 거리에서 내딛는 자신의 발자국 소리를 들었다. 그는 자기도 모르게 소리가 나지 않도록 발을 디디려고 했다. 한번은 나이 든 여자가 맞은편에서 걸어왔다. 하지만 그녀는 그와 가까워지기 아주 전부터 그에게서 벗어난 쪽으로 걸었다. 그리고 그의 곁을 지나갈 때 그녀는 그를 외면하려고 무진 애를 썼다.

한 벽보에서 그는 포스터 하나를 보았다. 그의 마음이 금방 그리로 쏠렸다. 그것은 여러 가지 상을 수상한 노르웨이 영화를 광고하는 영화 포스터였다. 포스터에는 쓸쓸한 목조 오두막 한 채만이 보였고 굽은 오솔길 하나가 그쪽으로 나 있었는데, 길은 오두막을 지나 바람에 휘날리는 산숲으로 이어졌다. 황량하다는 인상이 저절로 일어났다. 영화 제목은 '부탁'이었다. 매표소의 아가씨는 베르거에게 심야 상영이 벌써 시작되었다고 알려주었다. 그럼에도 불구하고 입장권을 한 장 부탁했고 잠시 남은 돈을 어림잡아 계산해 본 후에 초콜릿을 하나 샀다. 영화관 안에 사람이 별로 없었기 때문에 그는 자리를 골라 앉을 수 있었다. 그는 혼자서 앉을 수 있는 열을 골랐다. 그는 도무지 사건이 어떻게 전개되고 있는 건지 몰랐으며 앞서 보지 못한 부분을 재치 있게 채워넣을 수도 없었다. 그래서 그는 조금 지나자 그저 멍청한 눈으로 오두막에 사는 사람들의 가난한 생활을 쳐다보며 그들이 떠맡은 이상야릇한 임무에 대한 이야기 소리를 들을 뿐이었다. 아버지와 아들은—아마도 그것은 계속 반복되는 일인 것 같은데—숲으로 들어가 나무를 베었다. 아무 나무나 베는 것이 아니라 다른 나무들보다 웃자란, 볼품 없이 가지가 뻗은 특정한 소나무를 베는 것이었다. 초라한 임종의 침상에 누워 있는 여자가 그들에게 그것을 부탁했기 때문이다. 그녀는 그 소나무들의 목재로 관을 만들어주기를 바랐던 것이다. 그녀의 그 같은 소원을 조금도 놀라워하거나 의아해 하지 않고 경청한 그 남자들은 그녀에게 그것을 약속하고 어깨에 도끼와 톱을 들러메고 나섰다. 도끼로 나무를 몇 번을 쳤지만 처음부터 이상하게도 도끼가 되튕겼다. 사슬이나 쇠고리 같은 금속 물체가 나무 줄기 속에 박혀 있는 것이 분명했다. 어쨌든 도끼도 톱도 나무 속으로 파고들지 못했다. 도끼질과 톱질을 하느라 탈진한 그들은 다시 오두막으로 돌아갔다. 베르거는 허리를 구부려 몸을 작게 했다. 극장의 중앙통로를 따라서 한 남자가 내려오면서 무언가를 찾는지 각 열을 살피고 있었기 때문이다. 하지만 큰 키의 제복을 입은 그 남자는 바닥만을 비추었다. 「보고, 그들은 지금 보고를 해놓고 나를 찾고 있을 거야. 내가 있을 만한 곳은 어디나. 틀림없이 내 고향집에도 가 있겠지. 그들은 아마 우리 집 앞에 차를 대놓고 앉아서 기다리고 있을 거야. 베르거 이등병, 상관을 폭행한 혐의로 수배된 자. 그들은 오랫동안 기다리다가 마침내 초인종을 누르겠지. 안 돼. 집으로 돌아가선 안 돼. 다른 나라로 가는 게 가장 좋을 것 같아. 네덜란드나 덴마크로 가는 거야. 국경을 불법으로 넘어가는 거야. 하지만 제복을 입은 채로는 안 돼. 저 친구 정말 끈덕지게 찾고 있구만. 저 사람도 제복을 입고 있어. 일종의 제복이야. 은장식이 달린 가죽띠를 두르고 있을 거야. 재판관도 제복을 입고 있겠지. 그는 상관을 때려서 숨지게 한 사건의 재판을 개정할 거야. 안 돼. 안 돼.」

제복을 입은 그 사나이는 좌석의 첫번째 줄을 조용히 지나서 가장자리 통로를 따라 위로 올라왔다. 멈추지 않고, 손전등으로 두루두루 살피면서. 바깥 좌석에 앉아 있는 베르거는 그를 시선에서 놓치지 않았다. 그리고 그 사람이 바로 자기 앞에 와서 섰을 때 그는 자리에서 벌떡 일어나 그를 덮쳤다. 베르거는 단번에 그를 내팽개쳤다. 그 바람에 그 자신도 함께 딸려갈 뻔했다. 그러나 그는 다시 몸을 가누고서 등뒤에서 들려오는 간헐적인 외침소리에 쫓기며 출구 쪽으로 내달렸다. 어느 쪽으로 가야 할지 생각할 것도 없이 그는 상가 거리를 따라 달렸다. 한 성문 출입구에 이르러 한숨 돌린 후 그는 뒤따라오는 소리가 있는가 확인한 후 다시 달렸다. 그의 입술은 벌어졌고, 머릿속의 쿵쾅대는 망치질 소리는 더욱 거세졌다. 택시 한 대가 그의 옆을 지나 갑자기 속력을 줄이더니 불빛이 환한 한 호텔 입구에서 멈추었다. 베르거가 그쪽으로 접근했을 때—서둘러, 그렇지만 이제 더 이상 뛰지 않고—한 쌍의 남녀가 택시에서 내렸다. 그들은 약간 느슨하게 팔짱을 낀 채 호텔을 향해 걸어가 야간용 초인종의 단추를 대담하게도 몇 번씩이나 눌러댔다. 베르거는 택시의 창을 두드렸다. 택시 운전사는 행선지를 물어본 후에야 그를 택시에 타게 했다.

「부대까지요? 좋아요. 타요. 내 집하고 방향이 같으니까.」

그들은 아무 말도 하지 않은 채 시내 중심부를 지나 얼룩진 어둠을 위에 이고 있는 정거장 곁을 통과했다. 베르거의 귀에는 멀리서 열차의 바퀴 소리, 목소리들, 희미한 명령 소리가 들려오는 것 같았다. 그는 손으로 땀에 흠뻑 젖은 얼굴을 훔쳤다. 바퀴들이 내는 소리는 좀처럼 잠잠해지지 않았다. 그 소리가 그를 괴롭혔다. 그가 한숨을 내쉬자 운전사가 물었다.

「무슨 일이 있수?」

「괜찮습니다.」

베르거가 말했다. 그는 차비를 지불할 수 없음을 잘 알고 있었다. 그는 운전사에게 얼마 되지 않는 남은 동전을 건네주고 그의 주소를 알려준 다음, 다음 월급 때까지 좀 참아달라고 부탁해야 할 것이다. 교통신호등 앞에 차가 멈추고 불빛이 차 안으로 들어올 때마다 베르거는 백미러로 운전사의 얼굴을 확인해 보려고 했다. 그렇지만 그가 간혹 가다가 그리고 그것도 잠깐씩 볼 수 있었던 것은 고작 그의 두 눈동자

뿐이었다. 주의 깊고, 잽싸게 움직이는 두 눈뿐이었다. 그 두 눈이 가끔씩 그를 쳐다보는 것 같았다. 운전사는 베르거가 불안해 하고 있다는 것을 느낀 것 같았다.

택시가 부대 진입로에 도착하기 전에, 그러니까 정원 집단지의 정점에서 베르거는 차를 세워달라고 부탁했다.

「여기요?」

「네, 여기요.」

그는 변명할 여지가 없었다. 그는 마지막 남은 돈을 긁어서 그것을 택시 운전사에게 건네주면서 이렇게 말했다.

「이 이상은 없습니다. 하지만 당신이 원하신다면……」

운전사는 그가 끝까지 말하도록 두지 않았다. 몇 푼 되지 않는 동전들을 살펴보더니 그는 이렇게 중얼거렸다.

「젊은 양반, 이런 잔꾀 부리지 마. 이 따위 잔꾀는 나한테는 안 통해.」

「죄송합니다. 제 말을 믿어주세요.」 베르거가 말했다. 「그리고 당신이 원하신다면……」

이제 택시 운전사는 눈을 들어 군인의 얼굴을 뜯어보는 눈길로 쳐다보았다. 그러더니 그는 갑작스런 몸놀림으로 그에게 돈을 다시 돌려주고 더 이상 아무 말도 하지 않고 그곳에서 떠났다.

정원 집단지의 어디에도 불빛은 보이지 않았다. 베르거 이등병은 자기가 왔던 길을 찾아냈다. 담벼락에 도달했을 때—그가 넘어왔던 거의 같은 장소의, 훈련장 안쪽에서 몇 줄기

희미한 빛과 대비를 이루며 조명탄이 솟아오르는 것 같았다. 조명탄은 한순간 허공에서 부르르 떨다가 이윽고 폭발했다. '동아리', 그는 생각했다. 「누구나 동아리 안에 갇혀 있는 거야.」 그는 담벼락으로 올라가 뛰어내린 다음 주위를 살폈다. 그런 다음 그는 판자벽이 그의 눈앞에 불쑥 나타날 때까지 한참을 잠깐 달리고 엎드리고 또 일어나 달리고 하는 식으로 짧게 짧게 여러 단계로 나누어 훈련장을 가로질러 갔다. 이제 그는 벌떡 일어났다. 이제 더 이상 주위를 살피지 않았다. 불과 몇 걸음 뛰지 않아 그는 그 장애물이 있는 곳에 도착했다. 그는 버팀목 앞으로 다가섰다. 그는 그 자리에 없었다. 하사의 몸이 그곳에 없었다. 「그들이 그가 없다는 것을 깨닫고 함께 찾으러 나섰던 거야. 여기서 그를 찾아서는 옮긴 게 분명해. 누구도 그가 부주의해서 쓰러졌다고는 생각하지 않았을 거야. 그들은 누군가가 그에게 폭력을 행사했다고 생각했을 거야. 때려서 죽였다고. 왜냐하면 그의 얼굴에 피까지나 있었으니까.」

베르거는 하사가 누워 있던 곳을 손으로 어루만지며 희미한 등불을, 막사 위에 높이 매달려 있는 등불을 바라보면서 신음소리를 냈다. 「확인, 그것만이 나를 도와줄 수 있어. 확인만이.」 그는 막사 쪽을 향해 걸어갔다. 더 이상 주위를 살피거나 유사시에 엎드릴 태도를 하지 않고, 몸을 꼿꼿이 세운 채 발각되는 것 따위를 두려워하지 않으면서. 그는 계속해서 침을 입 안에 가득 모았다가 내뱉곤 했다. 그의 시선이 흐릿해졌다. 손에 감은 붕대의 매듭이 또다시 풀렸다. 그는 그것을 동여맬 시간적 여유를 갖지 않았다. 그리고 또 그는 멈추어 서지도 않았다. 그때 야조(夜鳥)들이 그의 앞에서 날 아올라 푸드득 소리를 내며 날아갔다. 남의 눈에 들키지 않고 그는 막사 근처에까지 도달했다. 그리고 그는 그곳에서 잠시 주위를 살핀 후 허리를 구부리고서 한쪽 옆에 자리잡은 낮은 의무병동 쪽으로 접근해 갔다. 그는 건물 안으로 들어갈 생각까지는 하지 못했다. 그는 창문 가까운 쪽으로 살금살금 다가가 조심스럽게 몸을 일으켜 세우고서 비상등이 켜져 있는 병실들 안을 다시 한번 살짝 들여다보았다. 몇몇 병실은 불이 켜져 있지 않았고 안에 사람도 없었다. 그 병실들 옆을 그는 잽싸게 통과했다. 그는 갑자기 몸을 벌떡 일으켜 세웠다. 그는 전혀 조심하지 않았다. 그는 하마터면 유리창을 두드릴 뻔했다. 왜냐하면 그때 하사의 모습이 보였기 때문이다. 그는 몸을 한쪽으로 돌리고서 물컵을 입술에다 갖다 대고 물을 마신 뒤 차분히 등을 기댔다.

베르거 이등병은 몸이 떨리는 것을 느꼈다. 격한 기쁨이 그를 엄습했다. 뻣뻣하게 굳어 있던 몸이 풀리고 격한 흥분이 그를 감쌌다. 흥분에 휩싸여 그는 마구 앞으로 달렸다. 그는 더 이상 창문 앞에 서 있을 수가 없었다. 그가 지금 알아낸 사실이 그를 압도했으며 그를 해방시켜 주었고 그에게 다른 사람들, 즉 그의 동료들에게로 돌아가고픈 욕구를 일깨워주었다. 그는 줄기차게 그리고 결연히 달렸다. 연병장 곁을

지나 그리고 차고의 그림자를 통과했다. 확인을 구하는 마음
이 그를 달리게 했으며 그에게 힘을 부여했다. 그리고 그의
방문의 창문까지 가기 위해서―그는 그의 동료들을 깨워서
창문을 열어달라고 부탁하려고 했다―그는 담장을 따라서 얼
마간 달린 뒤 무기와 탄약들이 비축되어 있는, 풀이 무성하
게 자란 벙커들 사이로 계속 달렸다. 갑자기 그를 향해 수하
를 요구하는 소리가 들렸다. 엄한 명령이 그에게 멈추라고
요구했다. 베르거는 그 명령에 따르지 않았다. 다시 한번 그
의 귀에 또렷하고 짤막한 명령 소리가 들려왔다. 그 목소리
가 그의 동료인 닐스의 것이라고 생각한 그는 뛰던 속도를
늦추기는 했지만 완전히 멈추어 서지는 않았다. 그 순간 그
를 향해 총알이 쏟아졌다. 나중에 보니 총알에 의해 관통된
부위가 아주 다닥다닥했기 때문에 그의 몸은 마치 아주 큰
구경의 총으로 딱 한 방 맞은 것 같았다.

구직 응모

DIE BEWERBUNG

구직 응모

그의 여덟번째 구직 응모는 유감의 표현이 담긴 편지의 형
태로 그에게 돌아오지 않았다. 즉 그들은 그가 보낸 서류를
잘 받았으며 흥미롭게 읽었다는 말과 함께 그, 즉 아르노 안
데르센에게 면접을 하러 회사로 나오라는 편지를 보냈다. 그
는 믿기지 않는 듯이 그리고 골똘히 생각에 잠겨 면접을 알
리는 그 편지를 여러 번 읽었다. 허구한 날 거절에 익숙해져
있던 그는 도대체 그가 보낸 서류의 그 무엇이 그들의 관심
을 불러일으켰는지, 무엇이 그들에게 그를 직접 만나 시험해
보겠다는 생각이 들게 했는지 궁금하지 않을 수 없었다. 하
지만 몇 자 되지 않는 통지문을 가지고는 아무것도 추측할
수가 없었다.

끝에 가서 크리스티아네를 실망시키지 않기 위해서—왜냐하면 확실한 채용을 기대할 수는 없는 것이기 때문에—그리고 거절당할 때마다 나타난 그녀의 분노심을 악화시키지 않기 위해서 그는 그녀에게 그의 여덟번째 응모에 대한 예상치 않았던 반응에 대해 일체 말하지 않기로 다짐했다. 그 며칠 동안 그는 그 편지를 그녀의 눈에 띄지 않게 감추어 두었다. 그런 뒤 그는 그녀가 전혀 모르는 상태에서 면접을 하러 집을 나섰다. 대학도서관에 간다는 핑계를 대고서 그는 눈이 펄펄 내리고 있는 집 밖으로 나왔다. 그가 살고 있는 집의 창문을 올려다보니, 그곳에 크리스티아네가 여느 때처럼 검은색 터틀넥 셔츠를 입고 심각한 표정으로 서 있는 것이 보였다. 그의 인사에 답하는 대신 그녀는 양 손바닥을 유리창에 갖다댔다. 그는 함부르크에서 가끔 보아온 하늘하늘 내리는 눈발 속을 걸어갔다. 한 점의 바람도 눈송이를 지하철 입구 쪽으로 몰아넣지 않았다. 다른 때 같았으면 눈발이 펑펑 쏟아지며 흩어져 날리던 운하다리 위에도 오늘은 눈이 소리 없이 내렸다. 개축한 통상 센터 건물 앞에서 그는 다시 한번 편지를 몸에 지니고 있는지 확인해 보았다. 그러면서 그는 자기도 모르게 크리스티아네를 생각했다. 구직 응모의 초기에 그녀가 보이던 낙담한 얼굴빛을 생각했다. 그가 응모에서 떨어지는 빈도가 거듭될수록 그녀의 낙담은 점차 다스리기 힘든 분노로 변해 갔다. 그의 다섯번째 청원이 기각된 어느 날 그녀는 절망한 나머지 그의 가슴에 처량감뿐만 아니라 당혹

감을 던져주는 말을 했다. 그의 얼굴을 쳐다보지 않은 채 그
녀는 이렇게 말했던 것이다.

「무엇을 이루고 못 이루고는 꼭 남의 책임만이 아니야. 자
기 책임도 있는 거야.」

나중에 그것에 대해서 그녀가 사과를 하기는 했지만, 그것
으로 그가 그녀의 그 말을 잊기에는 충분치 못했다.

출판회관 건물의 푸른 빛을 띤 육중한 유리벽을 향해 걸어
가는 동안 아르노 안데르센의 머리에는 그 말이 자꾸만 떠올
랐다. 그는 외투의 눈을 툭툭 털고서 건물 안으로 들어갔다.
그는 수위에게 물어볼 필요가 없었다. 약간 어두운 빛으로
회사들 명칭이 적혀 있는 게시판에서 '트리톤 출판사. 5층'
이라는 밝은 동판 표지판이 그의 눈에 금방 들어왔기 때문이
다. 그와 함께 엘리베이터에 탄 비쩍 마르고 내성적인 인상
의 남자의 머리 옆으로 보이는 좁다란 거울에서 그는 그의
얼굴을 찾았다. 거울 위에는 광고 문구 하나가 적혀 있었다.
그 문구는 3권으로 된 트리톤 출판사판 백과사전으로 삶에
필요한 확실한 지식을 얻을 수 있다고 알리고 있었다. 엘리
베이터에서 내릴 때 그는 그 낯선 남자에게 고맙다고 말했
다. 그리고 나서 그는 출판사의 본사무실에까지 이르는 좁고
구불구불한 복도를 따라 표시되어 있는 여러 개의 빨간색 화
살표를 따라갔다.

늙은 여비서가 그의 외투를 받아주었다. 그녀는 미소를 지

으며 앞니를 드러내보였다. 앞니에 묻은 립스틱 자국이 반짝
였다. 베이지색 카페트에 혹시 그의 신발이 더러운 자국을
남기지 않을까 걱정스레 자꾸만 바닥을 쳐다보는 그 방문객
의 어려워하며 안절부절 못하는 태도를 그녀는 놓치지 않았
다. 그녀는 창문을, 창 밖에 내리고 있는 눈을 보라고 짧게
말하고는 다정하게 이렇게 덧붙였다.

「차가 벌써 준비되어 있어요.」 그런 다음 그녀는 노크도 하
지 않고 문을 하나 열면서 방 안을 향해 이렇게 소리쳤다.
「안데르센 박사님이 오셨어요.」

한 땅딸막한 남자가 책상 뒤에 앉아 있다가 일어났다. 머
리카락은 밝은 금발이었으며 진 상의를 입고 폭이 아주 좁은
가죽 넥타이를 매고 있었다.

「쿤하르트라고 합니다.」 그 사람이 말했다. 「이렇게 와주
셔서 고맙습니다.」

그는 안데르센에게 회백색 테이블에 앉으라고 의자를 권한
뒤 그의 방문객과 자신의 찻잔에 차를 따르고서 미리 준비된
몇 가지 서류들을 자기 앞으로 끌어당겼다. 안데르센은 그것
이 자신의 서류임을 알아보았다. 그 서류들이 읽혔거나, 아
니면 적어도 훑어 보여졌다는 사실을 그는 그 서류들이 더
이상 셀로판 표지 안에 들어 있지 않음을 보고서 알아차렸
다. 그의 일곱번째 응모가 거절당한 어느 날 크리스티아네는
그의 서류들이 전혀 읽히지도 않는 것이 아닌가 하는 의혹을
표했었다. 그런 일이 자주 일어난다는 사실을 증명해 보이려

고 그녀는 앞으로는 응모를 할 때 서류의 낱장을 꿀로 붙이자는 조롱 섞인 제안을 하기도 했다. 쿤하르트가 그에 대해서 철저히 조사했다는 사실은 금방 밝혀졌다. 그 사람은 심지어 안데르센이 『아벤트블라트』지의 직원채용에도 응모했었다는 사실까지 알고 있었다. 사실 지원자의 이력에 대해서 훤하게 알고 있었음에도 쿤하르트는 안데르센에게 직접 자기 입으로 자신에 대한 이야기를 하도록 만들었다. 그리고 스물여섯 살의 나이에도 마치 예의바른 대학입학 수험생처럼 보이는 아르노 안데르센은 그가 묻는 모든 질문에 성심성의껏 대답했다.

「당신 같은 사람은 대학에 직장을 얻어야 마땅해요.」

쿤하르트가 말했다.

「그렇게 해보려고 했습니다만」 안데르센이 말했다. 「철학부에는 빈 자리가 없습니다.」

「당신은 '탐구하는 젊은이'라는 중요한 상도 수상한 적 있군요.」

「정신과학 부문의 이등상에 불과합니다.」

「당신은 단체여행 안내 책임자로 일한 적도 있군요.」

「안내 책임자의 보조 역을 했을 뿐입니다.」

쿤하르트는 눈길을 떨구고서 이력서의 몇 문장을 다시 한 번 훑어보며 중얼거렸다.

「피렌체라…… 나는 이 도시에 가기만 하면 심장박동이 빨라져요.」

「아름다운 도시죠.」

안데르센은 그의 말을 받아주려다가 금방 입을 다물었다. 피렌체에서 버스에 치인 그의 여동생 생각이 났기 때문이었다. 갑작스런 미소가 쿤하르트의 불그스레한 얼굴 위로 스쳤다. 그는 천천히 이렇게 말했다.

「박사학위 논문을 세네카에 대해서 쓰셨군요.」

「그렇습니다.」 안데르센이 말했다. 「하지만 제 논문은 주로 세네카의 '자비론'을 다룬 것입니다.」

「오늘 날엔 좀 우습지 않나요?」

「뭐가 말입니까?」

「제목 말이오. '자비론'이라는 제목 말이오.」

「세네카의 그 글은 네로를 겨냥한 것입니다.」 안데르센이 낮은 목소리로 말했다. 「그 글은 독재자가 부닥칠 수 있는 여러 가지 위험에 대해서 다루고 있습니다.」

쿤하르트는 서류들을 모은 다음 그것들을 셀로판 표지 속에다 집어넣고서 자리에서 일어났다. 그 순간 안데르센은 선박회사에서 있었던 그의 면접의 끝장면을 떠올렸다. 실없는 대화를 마친 뒤 그 머리가 허연 업무대리인은 갑자기 서류를 셀로판 표지에다 집어넣고는 자리에서 일어나더니 곧 회사에서 그에게 연락이 갈 거라고 말했던 것이다. 문을 향해 걸어나오면서 안데르센은 그때 이미 선단의 새로운 배들을 위해 오락용 선박도서관을 꾸미는 일의 위탁을 그가 받아내지 못할 것임을 알아차렸다.

쿤하르트는 그에게 해당 서신을 보내는 대신 그를 인정한다는 식으로 고개를 끄덕이고는 이렇게 말했다.

「나는 학업을 중단했지요. 박사학위 직전에 말이오. 내 인생의 카드가 다르게 섞였어요.」

그렇게 말한 다음 그는 어른 키만한 서가 앞으로 안데르센을 안내했다. 서가에는 트리톤 출판사에서 지금까지 출간한 책들이 꽂혀 있었다. 오로지 참고서적들뿐이었다. 즉 직업 사전, 심리학 사전, 외래어 사전 그리고 중형 철학 사전 등이었다. 그리고 곤색 바탕에 흰색 글씨가 새겨진, 그 출판사의 주저(主著)인 세 권짜리 트리톤 백과사전은 따로 꽂혀 있었다.

쿤하르트는 그 중 한 권을 뽑아 손가락으로 주루룩 소리가 나도록 넘기며 훑어보더니 그것을 안데르센에게 건네주었다. 안데르센은 '놀래기'라는 항목 아래 적혀 있는 말을 전부 찬찬히 읽어보았다.

「유용한 책이군요.」

안데르센이 말했다.

그러자 쿤하르트가 이렇게 말했다.

「정말 유용한 책이지요. 하지만 유감스럽게도 판매는 전혀 기대에 못 미쳐요. 그 이유는 우리 출판사가 아직 널리 알려지지 않은 데 있는 것 같아요.」

그는 생각에 잠긴 표정으로 회의용 테이블로 돌아와, 손짓으로 안데르센에게 앉으라고 권한 다음 작별을 위한 몇 마디 말을 끄집어내기라도 하려는 듯 말없이 근심어린 빛으로 한 동안 그를 내려다보았다. 안데르센이 '그래 그때도 그랬어'라고 생각하는데, 그가 어깨를 쳐들더니 이렇게 말했다.

「나는 당신을 기꺼이 우리 회사에 받아들이고 싶습니다. 나의 동업자도 그걸 원합니다. 하지만 편집부는 인원이 꽉차 있습니다. 그리고 다른 일을 시키기에는 당신의 능력이 아깝구요.」

「그게 무슨 말씀인가요?」

안데르센이 물었다.

그러자 쿤하르트는 손으로 서류 위를 슬쩍 쓰다듬으면서 이렇게 말했다.

「우리는 당신한테 적당한 자리를 제공할 수가 없습니다. 당신이 받은 교육에 걸맞는 자리를 말입니다.」

언젠가 그는 구직 응모를 스스로 철회한 적이 있었다. 그것은 당시에 사람들이 그에게 방송국의 테이프 보관실 일을 권했을 때였다. 이번에는 그가 계약서를 들고 집으로 돌아오리라고 철석같이 믿고서 그가 오기만을 기다리고 있던 크리스티아네는 그의 결정에 실망감을 금치 못했다. 「한 가지 선택을 고집할 수 없는 시기라는 게 있어요.」그때 그녀는 그렇게 말했었다. 안데르센은 자기도 모르게 그 생각이 떠올랐다. 그를 유심히 쳐다보며 그의 대답을 기다리고 있는 쿤하르트를 향해서 그는 이렇게 말했다.

「꼭 편집부 일일 필요는 없습니다.」

쿤하르트는 그에게 차를 더 따라주고서 그의 맞은편에 앉아 통나무 모양으로 생긴 담배 파이프 속을 긁어내 담뱃재와 부스러기를 커다란 재떨이 위에서 털어내기 시작했다. 다시 파이프에 꼼꼼하게 담배를 채우면서 그는 지금 현재로는 단 한 자리만이 비어 있다고 암시조로 말했다. 그가 지금 제공할 수 있는 일거리는—물론 유급인데—판매한 물건당 수수료를 받는 일로서, 세 권짜리 트리톤 백과사전을 가정을 방문해서 판매하는 일이라고 말했다. 약 3개월간의 연수기간을 성공적으로 마치면 최종적인 계약 서명까지도 할 수 있다고 조심스럽게 이야기했다. 그러고 나면 나중에 출판사 내에서 다른 높은 자리로 옮길 수 있는 가능성도 생길지 모른다고 말했다. 아르노 안데르센은 생각할 시간을 달라고 요구하지도 않은 채 그저 고마운 마음으로 확신 있게 그의 제안을 그냥 받아들였다. 예상치 않은 확신이 그의 불안감을 잠재웠다. 그는 그에게 전혀 생소한 그 일을 위한 준비를 다음날 하기로 그 사람과 약속했다. 그 제안을 한 사람은 그 자신이었다. 쿤하르트가 그와 작별할 때 세 권짜리 백과사전을—일단 숙제로서 그리고 그 책의 신뢰성과 가치를 검토해 보도록—몽땅 그에게 넘겨주었을 때 그는 묘한 만족감을 느꼈다. 쿤하르트는 그에게 비서실로 통하는 문을 열어주었다. 그때 손님용 의자에 앉아 있던 회색 플란넬을 입은 잘생긴 남자가 자리에서 일어났다. 안데르센은 그를 보자 어느 옛날 영화에서 보았던 이탈리아 배우가 생각났다. 그가 여전히 그 영화

의 제목을 생각해 내려고 낑낑대고 있는데 여비서가 말하는
소리가 들려왔다.

「슈튑스 씨, 그분이 기다리고 계십니다.」

아주 멀리서부터 그는 크리스티아네의 모습을 알아보았다.
그녀는 손빗자루를 들고서 가로등 아래 주차해 놓은 그녀의
낡은 폴크스바겐의 앞 유리창을 털면서 팔로는 보넷 위에 내
린 눈을 문질러 쓸어내리고 백미러와 뒷유리창을 닦고 있었
다. 너무나 열심히 그리고 끈질기게 그 일에 몰두하고 있었
기 때문에 그녀는 그의 휘파람 소리도 그가 그녀를 향해 한
손짓도 전혀 눈치 채지 못했다. 안데르센은 뛰기 시작했다.
그리고 그녀의 자동차가 달리기 시작했을 때 그는 보도에서
차도로 뛰어들어 물건을 들지 않은 손을 쳐들며 태연하게 멈
추어 섰다. 이윽고 크리스티아네가 모는 차가 그의 바로 앞
에서 멈추었다. 그는 자동차에 올라탔다. 그는 손을 그녀의
팔에 올려놓고서 미소를 지으며 그녀의 얼굴을 쳐다보았다.
하지만 그가 무슨 말을 채 하기도 전에 크리스티아네가 청원
조로 말했다.

「빨리 말해 봐. 교대시간에 벌써 많이 늦었어. 새로 온 수
간호원이 어떤 사람인지 잘 알잖아.」

「이번엔 그 여자를 좀 기다리게 해도 돼.」 안데르센은 그렇
게 말하고서 그녀에게 차를 후진해서 집으로 다시 들어가자
고 부드럽게 요구했다. 몇 분이면 된다고 했다. 그녀는 시큰

둔한 표정으로 몸을 뒤로 젖히고는 묵직한 세 권짜리 책을 쳐다보고 그녀의 시계를 보더니 가슴에 품은 말을 어서 말해 줄 수 없느냐고 그에게 다시 한번 물었다. 그러나 그는 고개를 흔들면서 머뭇거림 없이 그녀를 끌어안았다. 그는 억제할 수 없는 기쁨으로 가슴이 가득 차 있었기 때문에 이번 달부터 난방비가 올랐다는 그녀의 말도 귀에 들어오지 않았다.

크리스티아네는 그녀의 머리카락을 우겨넣은 담청색의 털 모자뿐만 아니라 그녀의 더플 코트도 벗지 않았다. 그녀는 선 채로 열쇠 꾸러미를 만지작거리면서 그가 이야기를 꺼내기를 기다렸다. 첫마디를 꺼내기 전에 그는 재빨리 그녀에게 키스를 했다. 그는 트리톤 백과사전을 올려놓은 책상 뒤로 걸어가더니 손가락 가운데 마디로 백과사전을 툭툭 치며 눈을 찡긋하면서 이렇게 말했다.

「여기 좀 봐, 크리스티아네, 여기에 삶에 필요한 지식이 집결되어 있어.」

그녀가 초조해 하고 있음을 눈치 채고서 그는 얼른 출판회관에 갔었다는 사실을 이야기했다. 그는 그녀에게 겉으로 미안한 표정을 지으면서 자신이 도서관이 아니라 면접하러 갔었다고 고백했다. 그리고 그녀가 자기를 이해해 줄 것이며 자기와 함께 기뻐할 것이라는 기대감을 갖고 그는 이번에는 성공적이었다고 말했다.

「우리는 언제나 뜻을 같이 하지. 내일이면 나는 업무 인계를 받을 거야.」

크리스티아네는 한순간 망설이더니 주저하는 눈빛으로 그를 쳐다보며 다만 이렇게 물었다.

「편집부 일이야?」

「아마 나중엔 가능할 거야. 우선은 판매 쪽에서 일하게 됐어. 판매한 물건당 수수료를 받는 조건이야.」

「그러니까 편집부 일은 아니라는 거지?」

그녀가 말했다. 그녀의 질문 속에 스며 있는 실망의 빛을 그는 놓치지 않았다.

「제발, 이해해 줘.」그가 말했다. 「처음에만 그렇게 하는 거야.」

「정식 계약을 맺은 거야?」

「아직 그렇지 않아. 수습기간을 두기로 했어. 세 달간의 수습기간이야. 그것이 끝난 뒤에 정식 계약을 하는 거야.」

의심의 표정이 그녀의 갸름한 얼굴 위로 스쳤다. 그녀는 다시 한번 그녀의 시계를 들여다보더니 「간호실에서 나 때문에 난리가 났을 거야」라고 소리치며 문 쪽을 향했다. 그는 얼른 몇 걸음 성큼 걸어 그녀 곁으로 가서 그녀를 끌어안았다. 그리고 그는 그녀의 눈을 뜯어보며 이렇게 물었다. 「당신도 기쁘지, 그렇지 않아?」 그리고 나서 청원조로 이렇게 말했다. 「저녁에 모든 것에 대해서 이야기하기로 해, 알았지?」

안데르센은 창문 쪽으로 다가가 그녀가 현관에서 나오는 것을 내려다보았다. 그는 그녀가 그를 향해 손짓을 보내기를 기다렸다. 하지만 그녀가 채 그렇게 하기 전에 꼬마녀석들

둘이 그녀를 향해 달려들어 그녀에게 눈덩이를 던지기 시작
했다. 목표물에 아주 정확하게. 그녀는 몸을 앞으로 구부리
고 양팔로 얼굴을 가렸다. 그런 자세로 그녀는 자동차 쪽으
로 달려가, 다시 한 방 얻어 맞고서 안전하게 몸을 피했다.
'무언가 준비를 해야지.' 그는 생각했다. '오늘 저녁에 당신
을 놀래켜줄 거야.' 그녀가 차를 타고 떠나버린 후 그는 소박
한 모양의 서가를 어루만지며 걸어갔다. 그것은 올덴부르크
벽돌과 흰 라카 칠을 한 널빤지를 이용하여 그가 직접 만든
작품이었다. 가장 꼭대기 선반에는 사진틀에 끼워진 몇 장의
사진이 놓여 있었는데, 그것들은 마치 그 속의 인물들이 서
로를 주시하는 듯이 배열되어 있었다. 그는 그 중에서 가장
큰 사진을 끄집어 내렸다. 그 사진에는 그가 신장 이식 수술
을 받은 병원의 테라스에 간호원 복장을 하고 서 있는 크리
스티아네의 모습이 보였다. 크리스티아네는 한 손에 쟁반을
들고 있는데, 거기에는 물컵 하나와 의약품이 담긴 작은 플
라스틱 접시가 뚜렷하게 보였다. 두 가지 다 그를 위한 것이
었다. 그는 비치 파라솔로 태양을 가린 채 고풍스런 등나무
안락의자에 앉아 그녀를 향해 눈짓을 보내고 있었다. 그 사
진은 그의 요청에 따라 만들어진 것이었다—그가 자신의 퇴
원을 함께 축하하기 위해서 크리스티아네를 초대한 바로 그
날에.
　위층에서 물 소리가 들렸다. 다음 순간 늙고 뚱뚱한 배우
의 발걸음 소리가, 분노와 저항의 표현으로 쿵쿵 내딛는 발

걸음 소리가 들려왔다. 이어서 곧 안데르센은 그가 대사를 암송하는 소리를 들었다. 「안 돼. 다시 한번 안 돼. 왜냐하면 그들이 빛을 배반했기 때문이지. 그들이 거두어 들이는 것은 분노의 포도송이뿐이야.」 그는 사진을 원위치에 돌려놓고 식탁에 앉아 백과사전의 아무 곳이나 펼쳐보았다. 그는 '천민 정치' 부분을 읽었다. 그리고 거기 적힌 설명에 대해 동의를 표했다.

쿤하르트가 아니라, 말수가 많은 선한 눈빛의 남자인 볼노프가 안데르센을 맡았다. 볼노프는 안데르센을 가구가 별로 없어 삭막한 자신의 사무실로 데리고 가서 리니엔 화주 두 잔으로 몸을 덥혀주고 나서 안데르센이 앞으로 해야 할 일에 대해서 두루두루 설명을 해주었다. 그의 설명이 상세했기 때문에 안데르센은 질문을 할 필요성을 전혀 느끼지 않았다. 모든 것이 그에게는 뚜렷하고 이성적이고 또 쉽게 해낼 수 있는 것처럼 보였다. 볼노프가 함부르크 지도를 펼쳐놓고서 몇몇 지역—이를테면 오트마르셴과 발트되르퍼의 고급주택 가—을 가려서 찾아다니는 편이 좋을 거라고 가르쳐주자 안데르센의 자신감은 한층 더 커졌다. 두 사람 모두 그 까닭을 물을 필요가 없다고 생각했다. 서적 안내서, 주문 카드, 그리고 견본용의 세 권짜리 백과사전을 챙겨들고, 잘 해보라는 격려의 말과 함께 그의 어깨를 툭툭 두드려준 볼노프와 헤어진 후 안데르센은 그의 일을 시작했다.

출판사 가방을 두 다리 사이에 끼운 채 그는 도시고속전철에 앉아 볼노프가 천거한 교외를 향해 달렸다. 그때 그는 크리스티아네의 늦은 귀가를 생각했다. 너무 피곤했는지 그녀는 무엇을 알려고 들지 않고 그가 하는 말을 거의 입을 꾹 다문 채 듣기만 했다. 그러면서 그녀는 피자를 먹었다. 그것은 그가 이탈리아인이 경영하는 집에서 사온 것을 다시 한번 데운 것이었다. 그날을 기념하기 위해서 그가 그녀에게 붉은 포도주를 따라주려고 하자 그녀는 차를 달라고 부탁했다. 가끔씩 그녀가 미소를 짓기는 했지만, 그것은 그의 결정에 동의하는 미소는 아니었다. 오히려 그것은 자기를 대하는 그의 열성 어린 마음에 대해 속으로 흐뭇함을 느꼈기 때문에 지은 미소였다. 그런 그에게 고마움을 표하기 위해서 그녀는 그의 손을 잡아 자신의 뺨에 갖다댔다. 그러더니 그녀는 느닷없이 나지막한 소리로 이렇게 말했다.

「그 스웨덴 학생이 죽었어. 오늘 오후에 죽었어.」

그는 그녀가 그의 죽음으로 깊은 슬픔을 느끼고 있음을 알았다. 그는 그녀의 머리카락을 쓰다듬어 주었다. 목소리의 톤을 높이지 않은 채 크리스티아네는 이렇게 말했다.

「언젠가 밤에 내가 그의 옆에 앉아 있을 때 그는 이렇게 말했어. '간호사님, 나는 내게 무엇이 문제인지 전혀 모르겠어요. 내게는 패기가 전혀 없어요. 나는 내가 다시 건강해질 수 있다는 믿음을 가져본 적이 없다고 생각해요.'」

「그래서 당신은 그에게 뭐라고 말해 주었지?」

그가 물었다.

「오」, 크리스티아네가 말했다. 「잘 생각이 나지 않지만 아마도 이렇게 말했던 것 같아. '목표가 없으면 인간은 살 수가 없어요'라고.」

크리스티아네는 식사를 마친 뒤 그에게 양해를 구하고 곧 잠자리에 들었다.

안데르센은 크고 어두운 저택을 한번 훑어본 뒤 정원 문을 열어젖힌 다음 단 하나의 발자국밖에 나 있지 않은 눈 내린 정원길을 지나 현관을 향해 걸어갔다. 초인종을 누르기 전에 그는 쇠살판 위에서 신발에 묻은 눈을 털었다. 그리고 그는 기다렸다. 한 노인이 나타났을 때 그는 안도감을 느꼈다. 그는 집에서 입는 털실로 짠 상의를 입고 있었으며 발에는 괴깔(겉이 보풀보풀하게 일어난 섬유—역주) 모직 슬리퍼를 신고 있었다. 안데르센이 정중하게 방문 목적에 대해 설명을 마칠 때까지 노인은 그를 다정한 눈빛으로 그리고 한마디 말도 하지 않은 채 쳐다보고만 있었다. 그러고 나자 노인은 그의 손을 잡더니 그를 집 안으로, 빛도 별로 없고 잡지와 낡은 신문들이 가득 들어찬 방 안으로 데리고 들어갔다. 그 노인은 안데르센의 시선을 20권짜리 슐로써 백과사전 쪽으로 이끌더니 씽긋 웃으면서 이렇게 말했다.

「이건 1898년에 나온 것이긴 하지만, 내 필요 정도는 충분히 채워주지요.」

「정말, 소중한 책이군요.」 안데르센이 말했다. 약간 머뭇거린 후 그는 이렇게 말했다.「그렇지만 거기에는 우주비행에 대한 것은 나오지 않지요.」

노인은 고개를 끄덕이더니 깊은 생각에 잠겨 이렇게 말했다.

「그건 당신 말이 맞아요. 하지만 나는 그 부분은 없어도 돼요. 왜냐하면 나는 얼마 있지 않아 직접 그곳에 가서 몸소 구경을 할 수 있을 테니까요.」

바로 그 다음번의 방문이—그것은 이웃집이 아니라(그는 이웃집에는 그 일로 들어가는 것을 머쓱해 했다) 아주 멀리 떨어져 있는 생크림 빛깔의 길모퉁이 집이었는데—그에게 첫 번째 성공을 가져다주었다. 그가 초인종을 누르자 그가 보기에 대략 12살가량 되어 보이는 소녀가 문을 열어주었다. 그녀는 옷차림새가 어른 같았으며 눈언저리에는 연푸른 빛의 아이새도까지 하고 있었는데, 꾸민 어투로 그에게 용건이 무어냐고 물었다. 그가 부모님이 집에 계시냐고 묻자 그녀는 이렇게 말했다.

「당신이 괜찮으시다면 나하고 이야기해도 돼요.」

안데르센은 그녀에게 찾아온 이유를 설명했다. 그때 그는 마치 어른에게 하는 듯한 말투로 그녀에게 말했다. 그랬더니 놀랍게도 그녀는 그에게 집 안으로 들어오라고 하면서 그를 거실로 데리고 갔다. 패션 잡지를 뒤적거리고 있던, 꾸밈 없는 차림의 남자가 자리에서 일어났다.

「엄마는 아직 목욕탕에 있어? 빌리 삼촌?」이라고 소녀가 묻자 그는 이렇게 되물었다.

「뭐 특별한 일이라도 있니?」

소녀는 안데르센을 가리키면서 이렇게 말했다.

「이분이 최신판 백과사전을 가져왔어. 나는 그게 필요해. 빌리 삼촌. 삼촌이 나를 위해 그걸 주문해 주면, 삼촌이 내 생일날 아무 선물도 하지 않은 걸 잊어줄게.」

그 남자는 당혹스런 미소를 지으며 안데르센을 쳐다보더니 어쩔 수 없다는 듯이 머리를 흔들었다. 그러더니 그는 트리톤 백과사전을 보여달라고 했다. 그는 그 책을 되는 대로 넘기며 훑어보았다. 그는 표제어를 찾는 것이 아니라 듬성듬성 사진이나 구경하다가 금방 다시 소녀를 쳐다보곤 했다. 끝으로 그는 그녀를 향해 호의적인 협박의 제스처를 해보이며 이렇게 중얼거렸다. 「쬐그만 협박자.」소녀의 이름으로 작성한 주문 양식에다가 그는 빌리가 아닌 지크베르트 슐룬츠라는 이름으로 서명했다.

안데르센은 그때까지만 해도 그것이 그날의 유일한 성과가 될 줄은 몰랐다. 그는 기대감으로 가득 차 한 조용한 거리로 접어들었다. 눈이 그의 발 아래서 뽀드득 소리를 냈다. 걸어가는 동안 그는 집들을 평가하기 시작했다. 다시 말해서 그는 집들의 겉모습을 보고서 그 안에 사는 사람들을 추측하기 시작한 것이다. 그들이 그의 백과사전을 살 것인가 안 살 것인가를 속으로 기분 내키는 대로 생각해 본 것이다. 그리고 그는 그가 캄캄한 어둠 속에 크리스티아네 옆에 누워 있을 때 그녀가 그의 결정을 정당화시켜 주려는 듯 그의 동창생들 중의 많은 수가 우선 발 하나만 문 안에다 들여놓기 위해서 이른바 임시직을 택한 사실을, 즉 당분간만 할 직업을 택한 사실을 상기시켜 주던 그 순간을 생각했다.

「임시직 하나로는 요즘엔 집세의 반밖에 해결하지 못해. 당신이 참아주기만 하면,」그는 그녀에게 이렇게 말했었다. 「앞으로의 전망은 저절로 좋아질 거야.」

그러자 크리스티아네는 그의 말에 수긍했었다. 그리고 잠 들기 전에 그녀는 그녀의 자동차를 정비소에 보내야 될 것 같다는 말도 했었다.

그는 마음의 준비를 단단히 했다. 문 앞에서 있을 수 있는 모든 종류의 반응에 대해 준비를 했다. 그럼에도 불구하고 옥외계단에 서 있는 남자와 마주 섰을 때 그는 당혹감뿐만 아니라 깊은 충격까지 느꼈다. 그 남자는 안데르센의 설명을 묵묵히 들었다. 그 사람의 입술이 바르르 떨렸다. 그의 얼굴 에 적대감의 표정이 어렸다. 그러더니 그는 단 한마디도 하 지 않은 채 갑자기 돌아서더니 문을 쾅 닫아버렸다. 안데르 센은 어쩔 줄 몰라 하며 자기가 무슨 잘못이라도 했는지 스 스로에게 물어보았다. 그는 자기가 사용한 말들을 검토해 보 고 그 남자가 그런 행동을 보인 데 대한 이유를 자기자신에 게서 찾아보았다. 야단을 맞은 듯한 기분이 되어 그는 옥외 계단을 내려갔다. 그는 옆에 있는 집들의 초인종을 누르는 일을 포기했다. 출판사 가방이 갑자기 더 무거워진 것 같았다. 안데르센의 가슴에 가벼운 좌절감이 솟았다. 그는 어찌 되었든 자신의 가슴속의 주저감을 떨쳐버려야 했다. 한 정원 문의 초인종을 누르면서 그는 오늘의 가택방문을 일찌감치 끝내야겠다는 생각을 진작부터 하고 있었다. 그러나 그는 한 늙은 부부를 만났는데, 그들은 당장 주문을 할 형편은 되지 않았지만 자신들이 응모해 놓은 수많은 현상모집 중의 하나가 성공하면 꼭 그 백과사전을 구입하겠노라는 약속을 해주었다. 그러자 그는 가슴이 한결 가벼워지는 것을 느꼈다. 그는 옆집으로 방향을 돌렸다.

그날 하루 동안 그는 여섯 번의 방문을 했다. 주문 카드에 새로운 이름을 올리는 일에 성공하지는 못했지만 그는 어느 집에서도 자신을 푸대접한다는 인상을 받지는 않았다. 그가 언제나 조용히—어떤 경우에도 상대를 지나치게 설득하려는 기색 없이—내미는 그의 트리톤 백과사전에 사람들은 주목과 관심을 보였다. 한번은 사람들은 그에게 커피를 대접했고, 또 한번은 그는 한 어린이의 생일잔치 집에 갑자기 들렀다가 편도 크래커를 맛보고 장밋빛의 종이꽃까지 선물 받았다. 그는 옆집에서 백과사전 두 질을 팔 뻔했다. 하지만 그는 같은 곳에서 누군가가 벌써 성공적인 방문을 마친 사실을 당혹스럽게 확.인해야 했다. 그곳에 사는 사람들은 그에게 주문서의 원본을 보여주었다. 거기에는 알퐁스 슈튑스라는 이름이 서명되어 있었다.

평소에 크리스티아네의 차가 서 있던 가로등 아래 지금은 크리스티아네의 남동생인 노르베르트의 차가 주차해 있었다. 그는 등을 끄는 일을 잊은 것 같았다. 차 등의 노란 빛 줄기 속에서 내리는 눈들이 춤을 추었다. 안데르센은 차들이 거의 소리를 내지 않고 흘러가는 차도를 건넜다. 그는 불이 켜져 있는 그의 집 창문을 올려다보았다. 하지만 그곳에는 아무것도 보이지 않았다. 어떤 사람도, 어떤 그림자도. 추측했던 대로 크리스티아네와 노르베르트는 부엌의 식탁에 앉아 있었다. 노르베르트는 외투의 단추를 열어놓은 채 반쯤 찬 붉은 포도주 잔을 앞에 놓고 앉아 있었다. 그것은 안데르센이 임시직을 얻은 것을 축하하기 위해서 구입한 술이었다. 그가 방으로 들어서자 크리스티아네는 빵을 몇 개 구워줄까 물었다. 그는 됐다는 손짓을 보내며 '나중에 하지'라고 말했다. 그녀가 그 앞에 술잔을 놓으려 했을 때도 그는 됐다고 거절했다.

「노르베르트가 나를 정비공장에서 집까지 태워다주었어.」 그녀가 얼른 말했다. 그리고 그녀는 시선을 다른 곳으로 돌리면서 이렇게 말했다. 「우리에게 몇 가지가 돌아올 거야.」

안데르센은 노르베르트를 향해 고맙다는 표시로 상냥하게 고개를 끄덕여 보였다. 그는 처남을 만나게 되어 기뻤다. 안데르센은 아무 걱정 없어 보이는 그 뚱뚱한 처남이 좋았다. 사실 그는 늘 분위기를 좋게 하려고 애쓰곤 했다. 그리고 그는 자신이 처남에게 갖고 있는 호감에 대해 처남이 응답을 보낼 것임을 믿어 의심치 않았다.

「어서 오세요.」 노르베르트가 말했다. 「이리 와서 앉아서 이야기 좀 해요. 마침내 뭔가 해냈다는 말을 들었어요.」

안데르센은 어깨를 으쓱해 보였다. 그는 체념 어린 미소를 지으며 크리스티아네와 눈을 마주치려고 노력했다. 그녀는 묵묵히 앉아 있었다. 그녀는 스스로 애당초부터 우려했던 것만을 안데르센이 털어놓지 않을까 걱정하는 것 같았다. 안데르센에게 이야기의 실마리를 꺼내는 일의 어려움을 덜어주고 또 위안하려는 뜻에서 노르베르트는 이렇게 말했다.

「모든 일은 행상과 같은 걸로 시작하는 거예요. 몇몇 위인들도 그렇게 시작했어요. 실험실에 근무하는 그 사람들이 처음에 나한테 무슨 일을 시켰는지 아세요?」

더듬거리며, 오늘 여러 집의 문간에서 겪은 경험들을 정리하면서 안데르센은 아직은 결정적인 말은 할 수 없었고 또 하고 싶지도 않았다. 그는 남의 집 초인종을 누르기 위해서는 때로는 자신을 이겨야 했다는 사실 정도만 시인했다. 그는 현재로서는 자신에게 열정이나 이를 위한 집요함 같은 것이 부족한 게 아닌지 모르겠다는 말도 했다. 그는 오늘 집으로 가져온 보잘것없는 결과 때문에 일단 시작한 그 일을 금방 그만두지는 않을 거라고 말했다. 그것은 이 일이 단지 통과역에 지나지 않기 때문이라고 했다.

「바로 그 때문에 그 일이 나름대로 의미가 있는 거예요.」 노르베르트가 단호한 어조로 말했다. 「매형은 편집부 일이 맞아요. 매형의 능력으로 봐서 그래요. 그리로 가는 길이 잠시 외무사원직을 통해야 된다면, 매형은 그 길을 기꺼이 택해야 해요.」

그것은 또다시 그를 위로하기 위해서 하는 말 같았다. 안데르센은 그렇게 느꼈다. 그는 노르베르트를 고마운 눈빛으로 쳐다보면서 어서 술잔을 비우라고 말했다.

크리스티아네는 갑자기 벌떡 일어서더니 한숨을 내쉬면서 이렇게 말했다.

「난 모르겠어. 이 길이 어디로 이르게 될지 난 모르겠어. 당신들이 불쌍할 뿐이야.—노르베르트 넌 빼고. 화학자들을 비롯한 모든 자연과학자들은 빼고 말야. 고전어나 예술사 그리고 고전철학 따위를 공부한 많은 다른 사람들 말야. 그들이 공부를 끝내고 나면 무슨 일이 그들을 기다리고 있는지 우리는 듣고 있고, 또 직접 보고 있어. 정신과학을 공부하기로 결정한 사람은 산비탈에 오를 작정을 해야 해. 오늘날엔 상황이 그렇게 됐어. 내 생각으로는 머지않아 모든 직업에서 박사학위를 가진 사람들이 일하게 될 거야. 건축 공사장의 비계 위에서, 항구에서. 기차 여객 안내원으로, 택시 운전사로.」크리스티아네는 말을 끊고 고개를 가로저었다. 갑자기 무언가에 집중하는 것 같더니 그녀는 노르베르트를 향해 괴로운 듯이 이렇게 말했다. 「아마 너도 기억할 거야. 언젠가 아르노가 중요한 상을 탄 적이 있지. '탐구하는 젊은이'라는 상 말야. 헤라클레이토스의 단편적인 글을 분석한 논문을 썼

지. 그때 사람들은 그의 논문이 가치토론을 위한 뚜렷한 기
여라고 상장에다 써주었어. 그런데 그렇게 해서 된 게 뭐가
있어? 아무것도 없어! 심사위원들 빼놓고는 누구도 그의 글
에 관심을 보이지 않았어. 퀴즈에 나가서 마이클 잭슨이 좋
아하는 취미를 댔다면, 그는 분명히 유명해졌을 거야.」

「그만해 둬.」 안데르센이 말했다. 「당신이 무슨 말을 하려
는 건지 다 알아. 하지만 지금도 나는 내가 올바른 학문을 택
했다고 생각하고 있어. 내가 선택한 그 학문이 내게 얼마나
중요한지는 당신도 알고 있을 거야. 난 죽었다 깨어나도 노
르베르트가 간 그 길을 가지 못할 거야. 화학을 공부하기에
는 내게 너무나 많은 기본적인 것들이 결여되어 있어. 조금
만 기다려봐.」

그는 크리스티아네를 쳐다보았다. 그녀는 창가로 가서 거
리를 내려다보고 있었다. 서 있는 그녀의 자세에서 그는 그
녀의 절망감을 읽었다.

「매형 말이 맞아.」 노르베르트가 말했다. 「금방 쉽사리 얻
을 수 있는 직업이 가장 좋은 직업은 아냐. 인내심을 가져야
해.」

그때 크리스티아네가 몸을 돌리더니 무미건조한 말투로 이
렇게 말했다.

「너 차에 불 켜놓고 왔어.」

노르베르트는 서두르지 않고 그들과 작별을 했다. 그는 두
사람과 포옹을 하고 난 후 슬쩍 그의 자동차를 내려다보고

문까지 안데르센의 배웅을 받았다. 서가 앞에서 그는 갑자기 멈추어 서더니 은제 세트—원통형 상자, 작은 주전자, 두 동 강 난 두 개의 접시 등—를 들여다보았다. 그것들은 사진 옆 의 둥근 쟁반에 담겨 있었다. 그는 그것들을 쓰다듬으며 보 호하는 동작을 해보였다.

「셰필드」 그가 낮은 목소리로 말했다. 「셰필드의 한 유명 한 은세공사가 만든 거지요. 엄마가 결혼식 때 받은 물건이 에요.」

「나도 알고 있어.」

안데르센이 말했다. 노르베르트에게 다시 한번 손을 흔들 어 준 후 안데르센은 부엌으로 돌아왔다. 간절한 자세로 그 를 기다리고 있는 크리스티아네의 모습을 보고도 그는 전혀 놀라지 않았다. 이제 두 사람만이 있게 됐으니 자기한테 그 날의 성과를 보여달라고 간절히 요구하는 듯한 자세였다.

안데르센은 그의 가방을 부엌 식탁에 올려놓고서 주문카드 를 끄집어내 크리스티아네에게 내밀었다.

「잘하면 세 질을 팔 수 있었는데.」

그가 중얼거리듯 말했다.

「주문은 하나밖에 안 적혀 있는데.」

크리스티아네가 말했다. 그러자 그가 말했다.

「운이 잘 맞지 않은 것 같아. 슈튑스가 내 일을 방해했어. 그 사람도 트리톤 출판사 외판원이야. 보아하니 그 사람이 내가 가기 바로 직전에 방문을 한 거야.」

크리스티아네는 단 하나의 주문이 적혀 있는 주문서를 읽고 또 읽었다. 판매 대금 중 그가 받는 몫이 얼마나 될지 그게 무척 궁금한 모양이었다. 그녀는 눈을 들고 이렇게 물었다.

「백과사전값이 얼마야?」

「260마르크.」그가 말하면서 이렇게 덧붙였다.「늘 그렇지만 커미션은 차등화되어 있어. 처음엔 8퍼센트를 받아. 계약을 많이 성립시키면 9퍼센트까지 받을 수 있어.」

그녀는 잠깐 생각을 하더니 이렇게 말했다.

「당신을 위해서 빵을 몇 개 만들어줄게.」

안데르센은 가방을 열려진 채로 거실로 옮겨 창턱에다 올려놓으려고 했다. 그때 가방이 미끄러져 바닥으로 떨어지면서 백과사전 한 권이 그의 발 앞에서 쿵 소리를 냈다. 그는 행여나 몇 페이지가 접히지 않았을까 걱정하며 급히 그 책을 집어들었다. 그는 자신도 모르게 키케로의 이름 아래 쓰여져 있는 내용을 읽다가 오류를 발견했다. 즉「웅변의 몰락의 원인에 대하여」라는 글은 키케로가 아니라 크빈틸리안이다. 그는 그것을 확신했다. 하지만 그는 그것을 발견한 것이 무슨 소용이 있는지 몰랐다.

안데르센은 약속 시간보다 몇 분 일찍 도착했다. 볼노프의 방 안에서 아무 소리도 들리지 않았기 때문에 그는 노크를 했다. 그러자 곧 들어오라는 소리가 들렸다. 그가 볼노프의 책상 앞에 다른 방문객이 하나 앉아 있는 것을 보고서 얼른 다시 나오려고 하는데, 그의 일을 관리하고 감독하는 그 남자는 그에게 그냥 있으라고 하고 나서 그 방문객을 그에게 소개시켜 주었다. 슈튑스와 악수를 나누는 사이 안데르센은 그의 동료가 누구를 닮았는지 떠올랐다. 그것은 영화 〈쓴 밥〉에 나오는 영화배우, 즉 교활한 미소를 띤 잘생긴 청년이었다. 그는 방금 전에 볼노프에게 주문서를 제출하고 목표를 달성한 데 대해 칭찬의 말을 들은 것 같았다. 그는 자신만만하고 기분 좋은 얼굴 빛으로 안데르센에게 담배를 한 대 권했다. 안데르센이 그것을 거절했지만 그는 전혀 기분 나빠하지 않았다. 오히려 그는 친근한 어조로 새로운 동료를 알게 되어 기쁘다고 말했다. 그가 안데르센에게 박사님이라는 호칭으로 부를까 물었을 때 안데르센이 「어른들 사이에서 그건 좀 우습지요」라고 대답한 게 그는 마음에 든 모양이었다. 작별을 하기 전에 그는 항구에 있는 생선전문 레스토랑에서 언제 한번 식사를 함께 하자고 제안했다. 그는 그때 서로의 경험을 교환할 수 있을 거라고 말했다.

안데르센의 주문서를 받아든 볼노프의 얼굴에서 실망감이나 불쾌감의 기색이라고는 찾아볼 수 없었다. 그는 감정이 섞이지 않은 태도로 그날의 성과에 대한 영수증을 떼어주고 포켓용 달력에다 메모를 했다. 그런 다음 그는 안데르센에게 첫 방문 판매의 날에 겪은 여러 가지 체험에 대해 이야기해 달라고 부탁했다. 그는 사람들이 그의 판매 제안에 대해 어떤 반응을 보였는지 알고 싶어했다. 사람들이 새로 나온 백과사전에 대해 근본적인 관심을 보였는지, 안데르센이 그들을 부추켜 풍부한 삽화가 들어 있는 그 책을 넘겨보도록 했는지, 적절하다는 생각이 들 경우 분할 지급도 가능하다는 말은 해보았는지 등에 대해서 알고 싶어했다. 그는 안데르센이 하는 얘기를 호의를 갖고 경청했다. 그는 때로는 즐거워하고 때로는 이해가 안 간다는 듯 고개를 흔들었다. 끝으로 그는 필요하다고 생각했는지 어떤 직업에서든 어느 정도 운이 따라야 한다는 점을 이야기했다. 특히 초반에는. 그런 다음 그는 귤의 껍질을 벗겨 그것을 반으로 나눠 안데르센에게 건넸다. 그것을 먹으면서 그는 슈튑스가 건네주고 간 주문카드의 수를 세었다. 안데르센도 함께 헤아려 보았다. 열한 장이나 되었다. 안데르센은 갑자기 자신의 보잘것없는 성과에 대해서 사과하고 앞으로는 자기에게 거는 기대치를 채우는 데 어떤 수고도 아끼지 않겠노라고 확언을 해야 할 필요성을 느꼈다. 하지만 볼노프는 낙담하지 말고—그의 표현대로—일로매진하라는 충고로 선수를 쳤다.

안내서를 아주 많이 받아들고서—사람들한테 나누어줄 수 있는 실제의 양보다 훨씬 많이—그는 문으로 향했다. 그 순간 그가 들고 다니는 견본에서 발견한 오류가 생각났다. 그는 테이블로 다시 돌아와 볼노프에게 자신이 발견한 사실을 털어놓았다. 물론 그것은 자신의 지식을 과시하기 위한 것이 아니라 오히려 충고를 구하기 위한 것이었다. 그는 백과사전의 구독자에게 그 오류를 알려주어야 한다고 생각했다. 그래서 그는 다만 볼노프도 그와 생각을 같이하는지 확인해 보고 싶었던 것이다. 볼노프는 서가에서 백과사전의 제1권을 뽑아 키케로 부분을 찾아서 주의깊게 읽고 나서 눈을 들어 안데르센을 우선은 관대한 눈빛으로 쳐다보았다. 그런 다음 그는 안데르센에게 그처럼 아주 부차적인 유일한 실수를 지적함으로써 얻을 수 있는 것이 무엇인지에 대해서 물었다. 그리고 그는 구독자에게 사전상의 결함을 알려주는 것이 무조건적으로 판매에 도움이 되지는 않는다는 말도 덧붙였다. 그는 또 이렇게 물었다.

「크빈틸리안을 아는 사람이 어디 있겠습니까?」 하지만 안데르센이 아직 결단을 못 내리고 있는 것을 눈치 채고 그는 마지막 결정권을 그에게 넘겨주었다. 「당신이 어디까지 가도 되는 건지 그 한계를 알아야 할 겁니다. 당신은 위험도를 잘 파악해야 합니다.」

부엌 식탁 위에 유리잔으로 괴어놓은 쪽지를 읽은 후 그는 곧장 집을 나서 버스를 타고 크리스티아네가 근무하고 있는 병원으로 갔다. 그녀의 부탁대로 그는 사람들이 많이 찾는 카페테리아로 들어갔다. 마침 구석 자리가 비어 있었기 때문에 그는 그리로 가서 앉아 차를 주문했다. 그는 커다란 창유리에 비친 희미한 자신의 모습을 쳐다보며 환자들이 자신들을 찾아온 사람들과 나누는 희미한 대화 소리에 귀를 기울였다. 여느 때와 마찬가지로 안데르센은, 잠옷 차림에 부목을 댄 팔을 하고 머리에는 붕대를 감은 채 이곳 저곳에 앉아서 담배를 피우고 자신들의 가족들에게 반창고를 붙인 배를 보여주거나 새로 구입한 목발을 시험삼아 사용해 보는 환자들의 스스럼없는 태도를 의아하게 생각했다. 많은 수의 환자들이 자신들의 고통을 내보이고 또 수술을 견디어낸 자신들에게 다른 사람들이 경탄을 보내주기를 바라는 것 같다는 인상을 그는 받았다. 그들의 간청하는 듯한 눈길에서 그것을 읽을 수 있었다.

크리스티아네의 얼굴에 서두르는 기색이 역력히 나타났다. 그녀는 몇 사람의 환자들의 인사에 거의 건성으로 응답했다. 한 검은 피부의 환자가 그녀의 손을 잡았을 때 그녀는 불쾌한 반응을 보이면서 그에게서 손을 얼른 빼냈다. 그녀는 차도 마시지 않겠다고 했다.

「와주어서 고마워, 아르노.」

그녀는 이렇게 말하면서 그에게 접은 종이를 내밀었다. 안데르센은 자동차정비소의 계산서를 대충 훑어보더니 최종 합계란을 뚫어져라 쳐다보며 나직이 말했다.

「이럴 수가, 620마르크라니!」

「그러면 그 사람들이 무엇을 고쳤는지 한번 다 봐.」 크리스티아네가 말했다. 「브레이크 라이닝도 새것으로 교체해야 할 때가 됐고, 와이퍼와 깜빡이도 마찬가지야. 내가 당신한테 뭔가 우리한테 찾아올 거라고 말했잖아.」

그는 넋을 잃은 표정으로 개별항목들을 꼼꼼히 살펴보고 아무것도 연상되지 않는 말들을 읽고 또 수수께끼 같은 기술적인 명칭들을 반복해서 말했다. 자신이 무기력하게 느껴지는 개념의 세계가 그의 앞에 펼쳐진 것이다. 그는 크리스티아네가 말하는 소리를 들었다.

「언제나 신중해야 하고, 언제나 줄타기를 해야 하고, 예기치 않은 일이 다가오지 않을까 두려워해야 하다니.」

그는 그 소리에 고개를 들고 이렇게 말했다.

「조용히 해봐. 트리톤 출판사에 가불을 부탁할 수는 없어. 아직은 안 돼. 그렇지만 엄마한테 좀 빌릴 수 있을 거야. 내가 지난번에 빌려 쓴 것에 대해 엄마가 잊을 때가 분명히 됐어.」

처음에 그는 잘못 본 게 아닌가 생각했다. 하지만 크리스티아네 뒤쪽에 나타난 것은 분명히 슈튑스였다. 그는 누군가를 찾는 듯 주위를 휘둘러보다가 안데르센을 발견하고는 테이블로 다가왔다. 슈튑스는 다시 만나게 되어 기쁘다고 말했다. 그는 크리스티아네에게 허리를 굽혀 인사를 하면서 안데르센이 무슨 말을 채 하기도 전에 자신은 그녀의 남편의 동료로서 미래의 설계를 위한 작업에 함께 참여하고 있다고 소개했다. 여급의 주위를 끌기 위해서 그는 손가락을 튕겨 소리를 낸 다음 오렌지 주스를 시켰다. 그는 크리스티아네가 입고 있는 간호원복이 마음에 드는 모양이었다. 그는 그 말을 금방 밖으로 내면서, 그 옷이 존경심과 함께 기대감을 불러일으킨다고 그녀에게 털어놓았다. 곁눈으로 안데르센을 쳐다보며 그는 말했다.

「당신도 같은 의견이시죠, 친애하는 박사님? 그렇지 않나요?」

안데르센은 고개를 끄덕였다. 순간 크리스티아네의 못마땅해 하는 표정이 눈에 들어왔다. 그녀는 못 참겠다는 듯한 기색을 보였다. 그녀가 그냥 자리에서 일어나 휑하니 가버리는 일을 방지하기 위해서 그는 슈튑스에게 이곳에 환자 병문안을 온 건지, 병문안을 이미 마쳤는지에 대해서 물어보았다.

「순전히 직업적인 이유로 온 겁니다.」 슈튑스는 이렇게 말하면서 그게 성공적이었음을 은근히 드러내보였다. 「원무 담당 이사와 신경과 과장이 트리톤 백과사전을 구입하기로 거의 확약을 했습니다.」

크리스티아네는 회의적인 눈빛으로, 안데르센은 놀라워하는 눈빛으로 그를 쳐다보았기 때문에 그는 이른바 손님 만들기 대화를 위해 이곳에 잠시 들른 거라고 덧붙였다. 그것을 그는 자극치료라는 말로 표현하기도 했다. 이때 구매자는 직접 눈으로 보는 것은 아무것도 없고 그만큼 많은 것을 귀로 듣는다고 그는 말했다. 그는 세 권으로 된 그 백과사전을 아주 포괄적으로 설명하고 그 책의 중요성을 역설하기 때문에 구매희망자를 두번째 방문하면 그 사람은 그것을 이미 자신이 갖고 있는 물건처럼 친숙하게 여기게 된다고 말했다. 그는 웃는 얼굴로 이 방법을 한번 써보라고 권했다.

그는 안데르센의 어깨를 두드리더니 단숨에 오렌지 주스를 들이키고 계산을 하고 나서—그는 안데르센의 차값까지 함께 계산했다—항구에 있는 수산물 레스토랑에서 식사를 대접하겠다는 말을 다시 했다. 그 레스토랑에서 그들에게 아주 연한 새끼 돌넙치를 사주겠다고 약속했다. 말을 끝내자 그는 자리에서 일어섰다. 그는 유리문 밖에서 그들에게 다시 한번 손짓했다. 우아하게, 마치 슬로비디오를 보는 것처럼. 안데르센은 크리스티아네의 손을 잡았다. 그는 그녀를 향해 고개를 끄덕이며 말했다.

「나 지금 어머니한테 갈 거야. 걱정하지 마.」

그는 역에서 출판사 가방을 도난당했다. 어머니에게 들러서 오는 길에 안데르센은 그를 향해 구걸을 하거나 값을 대면서 몸을 팔려고 대드는 휑한 눈의 아가씨들과 바싹 마른 사내들의 약간 느슨한 행렬의 틈바구니를 무사히 빠져나왔다. 그때 그 중년의 여자가 그를 향해 다가왔다. 그녀는 운동화를 신고 있었으며, 그녀의 가는 머리카락은 때에 절어 반짝였고, 그녀의 퍼렇게 부풀어오른 얼굴은 한 가지 표정밖에는 짓지 못하는 것 같았다. 줄기차게, 요구하는 눈빛으로 그녀는 그에게 빈손을 내밀었다. 그는 그녀의 요구에 항복할 수밖에 없었다. 그는 동전을 찾기 위해서 가방을 내려놓았다. 그 여자는 그에게 감사하다는 말도 하지 않았으며, 그가 그녀의 손에 놓아준 동전조차도 처다보지 않았다. 그녀는 오히려 다른 여행객을 향해 다가갔다. 그가 허리를 굽혀 그의 가방을 집어들려는데, 그의 손에는 허공만이 잡힐 뿐이었다.

그는 여행객들의 물결 속을 이리저리 헤쳐나가면서 차표 파는 창구 앞에 늘어서 있는 사람들을 훑어보기도 하고 대기실들을 살피기도 하고 수화물 보관소의 선반 위로도 눈길을 던져보았다. 하지만 그의 가방은 보이지 않았다. 갑자기 그의 앞에 얼굴이 부어오른 그 여자가 다시 나타났다. 그녀는 아까 그가 동전을 준 사실을 전혀 기억하지 못하는 듯이 그를 향해 다시 빈손을 내밀었다. 안데르센은 재빨리 물었다.

「내 가방, 내 가방 어디 있어요?」

그러자 잠시 후—그의 눈에는 기억을 해내려고 낑낑대는 그녀의 모습이 보였다—그녀는 무표정하게 이렇게 말했다.

「아마 아래층에, 아마 화장실에 있을 거유.」

그는 더 이상 말을 하지 않은 채 그녀를 그 자리에 세워두고 지저분한 계단을 내려갔다. 그는 평화롭게 그리고 넋을 잃은 채 쪼그리고 앉아 있는 젊은 청년들과 아주 어린 소녀들의 곁을 지나갔다. 그들 중 몇몇은 서로 껴안고 있었고, 다른 몇몇은 축축한 벽에 기대어 잠들어 있는 것 같았다. 더러운 물이 괴어 있는 웅덩이 앞의 넘칠 듯한 쓰레기통 옆에 그의 세 권의 백과사전과 주문카드 뭉치 그리고 안내서가 놓여 있었다. 안데르센은 얼른 그것들을 모두 주워모았다. 그런 다음 그는 각개 화장실 문들을 모두 열고서 그 안을 훑어보았다. 그러나 그의 가방은 찾을 수 없었다. 그나마 내용물을 다시 찾은 것에 만족하며 그는 가방 찾는 일을 그만두었다. 집으로 타고 갈 도시고속전철을 기다리는 동안 그의 머리에는 크리스티아네가, 가방을 잃어버렸다는 그의 말을 듣고서 머리를 가로젓는 장면이 떠올랐다.

가택방문 시 비닐 봉지를 들고 다닐 수는 없는 일이었기 때문에 그는 그의 물건들을 크리스티아네의 가죽가방에 담아 가지고 다니기로 결정했다. 그것은 한번도 사용한 적이 없는 튼튼한 가방이었다. 그는 그 가방을 옷장에서 끄집어내 젖은 걸레로 깨끗이 닦은 다음 그의 물건들을 그 속에다 차곡차곡 집어넣고서 가방을 들고 시험삼아 거실에서 왔다갔다 해보았다. 가방의 크기가 너무 컸다. 방향을 바꿀 때마다 묵직한 백과사전들이 안에서 덜커덩거리며 미끄러지며 안내서를 짓이기고 주문 카드를 마구 구겨놓았다. 안데르센은 다른 해결책을 찾아나섰다. 자신의 가방은 사용할 수가 없었다. 왜냐하면 가방의 한쪽 가죽 손잡이 매듭이 떨어져나갔기 때문이다. 그러나 그 대신에 옷장 구석에 빵빵하게 내용물이 찬 여행용 가방이 그의 눈에 들어왔다. 그는 조심스럽게 크리스티아네의 지저분한 속옷들을 꺼내, 두 개의 비닐 봉지에 옮겨 담고서 여행가방을 사용하기로 했다. 그것은 마치 그의 물건들을 담기 위해 만들어진 듯했다. 그런 다음 그는 부엌의 식탁에 앉아 다음 같이 썼다. 사랑하는 당신, 출판사 가방을 도둑 맞았어. 그래서 당신의 여행가방을 빌려가기로 했어. 당신 속옷들은 비닐 봉지에 담아놓았어. 어머니가 우리를 끝까지 도와주실 거야. 걱정하지 마. A.

쪽지를 무거운 물건으로 지질러놓은 후 그는 문 쪽으로 향했다. 하지만 문을 닫기 전에 그는 두 눈을 천장 쪽을 향한 채 위쪽에 귀를 기울였다. 늙은 배우의 목소리가 또렷하게 들려왔다. 「나는 더 좋은 것을 보고 그것을 칭송하면서도 실제로는 나쁜 것을 좇는구나.」 현관에서 그는 그 고전적인 말이 어디에 나오는 것인지 떠올려보려고 했다. 하지만 떠오르지 않았다. 그는 다만 추측만 해보았을 뿐이다.

눈 덮인 정원으로 들어서는 순간 그의 귀에는 한 여자가 쾌활한 절망의 목소리로 사내아이를 야단치는 소리가 들려왔다. 호리호리하고 큰 키에 남자처럼 머리를 깎은 그 여자는 그 사내아이를 야단치며 손으로 잡고 흔들더니 또 한번 그런 짓을 하면 하겐베크 동물원으로 데리고 가서 그곳에 사는 거대한 뱀이나 범고래의 먹이로 던져버리겠다고 협박했다. 안데르센이 온 것을 한참 동안 눈치 채지 못했던 그녀는 그에게 사과를 하고서 그에게 집 안으로 들어가자고 권했다.

이번이 그의 열번째 가택 방문이었다. 그 여자의 다정다감한 태도가 그에게 자신감을 심어주었다. 벌써부터 그는 그의 두번째 계약 성사를 기대하기 시작했다. 그가 그의 방문 이유를 밝히고 나자, 그 여자는 다정하게 이렇게 말했다.

「그 일에 대해서는 나의 아버지가 권한이 있어요.」

그리고 나서 그녀는 그를 몹시 후끈후끈한 서재로 데리고 갔다. 처음에 그는 그곳에 자기 혼자인 걸로 생각했다. 고집이 세어보이는 으르렁 소리를 듣고서야 그는 책들이 잔뜩 쌓여 있는 책상에 한 노인이 엎어져 있는 것을 알아차렸다.

「내 차는 어떻게 된 거니, 알리스.」

노인이 차갑게 물었다. 그러자 그 여자는 찻잔 두 개와 주전자를 곧 내가겠노라고 말했다.

늘상 하는 투로 말을 끄집어내면서 안데르센은 여행가방에서 세 권짜리 백과사전을 꺼내 자신의 무릎 위에 올려놓았다. 그 책에 대한 자랑을 늘어놓는 대신 그는 오직 그 책의 유용성만 강조하고 최신 학문영역까지도 다루었다는 점을 분명하게 밝혔다. 노인은 그의 이야기를 들으면서 갈수록 초조감을 감추지 못했다. 그러면서도 인내심을 보였다. 그 같은 인내심이 안데르센을 곤혹스럽게 만들었다. 니켈 도금 안경테 뒤의 회색 눈동자가 마치 표적을 겨냥하듯 가늘어졌다. 노인은 갑자기 자리에서 벌떡 일어나 아무 말도 하지 않은 채 책상의 한쪽 구석을 치우기 시작했다. 그러더니 그는 여전히 말은 하지 않은 채 물건 보관함에서 세 권의 책을 끄집어내 그것을 책상 주변으로 해서 질질 끌고가 안데르센 앞에다 꽝 하고 내려놓았다. 그것으로도 양이 차지 않았는지 그는 서류철에서 편지 한 통을 끄집어냈다.

「여기 이것을」 그가 명령조로 말했다. 「한번 읽어보시오.」
안데르센은 먼저 자신의 출판사의 이름을 읽고, 그 다음에 상단부에 적힌 하인리히 클레멘트 교수의 이름을, 그리고 끝으로 서평용 기증본이라는 말을 읽었다. 그가 실례했다는 말과 함께 책을 싸들고 작별 인사를 막 하려고 하는데, 그 노인이 그를 향해 손가락을 뻗으면서 이렇게 물었다.

「당신은 당신의 상품을 읽어보려는 노력을 해본 적이 있소?」

「물론이지요.」

안데르센이 얼떨결에 말했다.

「그래요?」 노인이 물었다. 「그러면 얼마나 많은 오류를 발견했소? 솔직히 말해봐요. 오류를 얼마나 발견했소?」

안데르센은 머뭇대다가 결국 이렇게 시인했다.

「하나요. 지금까지는 하나밖에 보지 못했습니다.」

「그렇다면 지금이 당신이 그 책에 대한 비판적인 독서를 할 가장 적당한 시간이요.」 노인이 말했다. 「나는 1권에서만도 11개의 오류를 발견했소. 만약 당신이 명예를 존중하는 남자라면, 이렇게 많은 오류는 백과사전의 경우 용납될 수 없다는 내 생각에 동의해 주어야 할 거요. 어때요? 내 생각에 동의하겠소?」

안데르센은 죄책감에 잠겨 자신의 무릎 위에 올려져 있는 백과사전을 쳐다보았다. 그는 이렇게 말했다.

「내가 당장 편집부에 그 사실을 알려 수정지를 만들게 할 테니 나를 믿어주십시오.」

「그건 또 다른 문제요.」 노인이 말했다. 「내 질문에 대답해 주시오. 내가 이렇게 많은 오류를 발견했는데도 그 백과사전을 계속 판매하는 것이 정당하다고 생각하시오?」

「출판사에서 오류 수정지를 추가로 공급할 겁니다.」

안데르센이 말했다. 노인은 조금도 굽히지 않았다.

「그렇다 혹은 아니다. 미안하지만 그렇다 혹은 아니다로만 대답하시오.」

안데르센은 말을 하는 가운데 차가운 분노의 상태에 이른 그 늙은 노인을 한참 쳐다본 후 이윽고 낮은 목소리로 이렇게 말했다.

「아닙니다, 교수님.」

한동안 그들은 자신들이 함께 이끌어낸 결과에 소스라치게 놀란 듯 아무 말도 하지 않고서 마주 앉아 있었다. 이윽고 노인이 말했다.

「아니다라고 대답해 준 데 대해서 고맙게 생각하오. 내가 우리의 전문잡지에 상세한 보고를, 당신네 출판사의 백과사전에 대한 상세한 보고의 글을 썼음을 당신이 미리 알았으면 좋겠소. 당신도 생각할 수 있듯이 이게 즐거운 일이 되지는 않을 거요…… 내가 쓴 편지의 사본 한 장이 나의 개인적인 입장표명과 함께 출판사로 갈 거요…… 그러면 당신 이름이 뭔지 좀 알 수 없겠소?」

안데르센은 클레멘트 교수가 받은 책들을 직접 출판사에 갖다주겠노라고 말했다. 하지만 그 노인은 그의 제안에 동의를 하지 않고 방의 길이 전체를 장식한 서가를 가리켰다.

「백과사전들이오.」 그가 중얼거렸다. 「몽땅 백과사전뿐이야.」

  안데르센은 문 쪽에서 하마터면 쟁반에 차를 받쳐들고 오
던 그 여자와 부딪칠 뻔했다. 그녀는 이제 그를 의아한 눈길
로 쳐다보았다. 그는 지나가면서 그녀에게 고맙다고 말했다.

  출판사 구내식당은 텅 비고 서늘했다. 카운터 쪽으로 가기
전에 안데르센은 찬 공기가 마구 들어오고 있는 열린 바람문
을 닫았다. 그는 커피와 치즈빵을 주문하고서 그의 테이블에
앉아 그가 처음 들어왔던 방을 찬찬히 뜯어보았다. 별 장식
이 없는 깨끗함이 그는 마음에 들었다. 그리고 사진틀에 끼
워져 있는 얼마 안 되는 흑백사진들도 마음에 들었다. 그것
들은 북구 고산지대의 자연풍경과 떠다니는 빙하들, 얼음 속
에 갇힌 배 등을 찍은 것들이었다. 그가 먹고 마시는 사이 하
얀 옷을 입은 여자가 그의 테이블로 다가왔다. 그녀는 오로
지 그가 출판사 직원인지 아닌지만 궁금해 했다. 그리고 그
가 최근에 이 출판사의 외근사원으로 왔다고 말하자, 그 여
자는 만족해 하는 표정을 보였다.
  안데르센은 그녀가 걸려서 넘어질 뻔한 그의 여행가방을
그의 의자 쪽으로 바싹 끌어당겼다. 여행가방의 지퍼는 열려
있었다. 그는 그 안으로 손을 집어넣어 백과사전의 세번째
권을 끄집어내 처음에는 아무런 생각 없이 아무 곳이나 읽어
보았다. 그러다가 그의 시선은 우연히 S자에 가서 멈추었다.
그리하여 그는 곧 그에게 있어서 많은 것을 의미하는 한 이

름과 관련된 텍스트를 검토해 보기로 다짐했다. 젠트그라프, 젠둥스베부스트자인(사명감), 세네카, 루치우스 안나에우스 등. 안데르센은 그 동안 연구하느라 많은 노력을 기울였으며 또한 그에게 많은 인식적 도움을 준 한 사나이에 대해서 상세하게 적어놓은 부분을 호기심으로 들떠 읽기 시작했다. 아니었다. 그는 단 한 개의 오류도 발견하지 못했다. 세네카의 스페인 혈통, 로마의 상원의원으로서의 그의 명성, 네로에게 끼친 그의 영향, 그가 한 공모에 결탁했다는 모함 등등, 모든 것은 정확했으며 이론의 여지없이 날짜까지 붙여 재현되어 있었다. 올바른 행동을 촉구하는 그의 훈계조의 강의록도 마찬가지였다. 그리고 네로가 자신에게 내린 죽음을 그 노인네가 스스로 수행해 낸 모습을 안데르센은 기회 있을 때마다 생각하지 않을 수 없었다. 늙어서 늘어진 핏줄의 절개, 절망적으로 천천히 솟아나오는 피, 죽음을 재촉하고 싶은 영웅적인 소망 등등. 안데르센은 세네카에 대한 짤막한 인물평을 이보다 더 잘 쓸 수 없을 것이라고 자인했다. 수없이 많은 독서를 통해 세네카에 대한 남다른 지식을 갖고 있는 그일지라도.

  쿤하르트의 여비서가 놀라면서 구내식당으로 들어서자, 그는 백과사전을 접어 여행가방 속에다 집어넣었다. 여비서는 판매대에 가서 얼른 무언가를 주문하고서 그에게로 와서 믿기지 않는 듯한 표정으로 그녀가 보낸 전보를 벌써 받았는지 물었다. 쿤하르트 씨가 그를 절실하게 찾고 있다는 것이었다. 안데르센은 고개를 흔들었다. 전보를 아직 받지 못했으며, 그가 그곳에 나타난 것은 단지 볼노프 씨에게 분실에 대해서, 즉 가방 분실에 대해서 알리기 위한 것이라고 말했다.

「그러면 저와 함께 가시죠.」

여비서는 그렇게 말하면서 그를 향해 격려투로 고개를 끄덕여보였다. 판매대에서 그녀는 작은 소시지들이 담긴 쟁반을 건네받고는 쿠폰으로 값을 치른 뒤 안데르센보다 앞서서 걸어갔다. 한마디 말도 없이. 단 한 번도 그를 향해 고개를 돌리지 않고서.

쿤하르트는 그를 친절하게 맞아주었으며 그가 있는 앞에서 소시지를 먹는 것을 용서해 달라고 부탁했다. 그것이 그에게 있어서는 그날의 영양가 있는 첫 식사라고 말했다. 식사를 하면서 그는 안데르센이 겪은 경험들에 대해서 물어보았으며, 특별한 만남들과 문전에서의 실망 그리고 기차 정거장에서 겪은 불운 등에 대해서 그로부터 이야기를 들었다. 그렇지만 그는 눈에 띄는 특별한 관심을 보이지는 않았다. 안데르센이 어떤 사람이 사전을 구입할 것인지 서서히 감이 잡혀가는 것 같다고 말했을 때조차도 그는 귀를 기울이지 않았다. 먹는 동안 그는 안데르센의 말을 끊지 않았다. 하지만 식사가 끝나자 그는 느닷없이 이렇게 물었다.

「이 클레멘트 교수하고 오랫동안 이야기를 했습니까?」

「그분은 전문가인 것 같던데요.」 안데르센이 말했다. 「보기 드문 백과사전 애호가 같더군요.」

쿤하르트는 자리에서 일어나 창가로 다가가 눈 내리는 어두운 하늘을 잠시 올려다보았다. 그러고 나서 그는 다시 등을 돌리고서 걱정스럽다는 듯이 한 번 양팔을 들어올렸다. 그리고 이렇게 말했다.

「친애하는 안데르센 박사님. 저희 트리톤 출판사는 당신의 노고에 감사드립니다. 당신이 기울인 노력에 대해서는 모두가 인정할 겁니다. 그럼에도 불구하고 현재의 위치가 당신에게 맞지 않는다고 생각할 근거를 우리는 갖고 있습니다. 이미 우리의 첫 만남에서 말씀드렸듯이 당신은 지금의 일을 하기에는 너무 학력이 높습니다. 당신에게 맞는 자리는 편집부입니다.」

이제 안데르센도 잔뜩 기대를 하면서, 그렇지만 불안해 하면서 자리에서 일어났다. 그는 쿤하르트의 입에서 다음 순간 앞으로 그가 무슨 일을 하게 될지 판결이 떨어지리라고 예상했다. 실제로 그의 생각이 틀리지 않았다. 왜냐하면 쿤하르트가 그를 향해 다가와 팔길이 정도의 거리를 두고 서서 이렇게 말했기 때문이다.

「우리한테 당신의 주소가 있으니까, 편집부에서 자리가 나면 즉시 연락을 드리겠습니다.」

「좋습니다.」 잠시 후 안데르센이 말했다. 「좋습니다. 무슨 말인지 알겠습니다.」

그러고 나서 그는 여행가방 속의 내용물을 꺼냈다. 세 권의 백과사전과 안내서 그리고 주문카드 뭉치를 그는 책상에다 올려놓았다. 쿤하르트는 그를 비서실로 데리고 갔다. 경리과가 이미 근무가 끝났기 때문에 계산된 배당금은 여비서가 갖고 있었다. 그녀는 그와의 작별을 고통스럽게 여기는 것 같았다. 그녀는 걱정스런 눈빛으로 그를 쳐다보았다. 그를 조금이라도 위안하려는 듯 그녀는 그에게 영수증을 건네주면서 방금 그의 이름 앞으로 네 질의 백과사전에 대한 단체주문이 들어왔다는 말을 했다. 안데르센은 그 수수께끼 같은 주문이 어떻게 된 건지 설명을 듣고 싶지 않았다. 쿤하르트와 여비서가 지켜보는 가운데 그는 서명을 하고 두 사람에게 말없이 손을 내밀었다.

문이 세차게 쾅 하는 소리와 함께 닫혔는데도 크리스티아네는 잠을 깨지 않았다. 그녀는 몸을 잔뜩 구부린 채 소파에 누워 있었다. 머리를 구부린 팔 안에 파묻고 있었기 때문에 그녀의 호흡은 사라지지 않고 다시 그녀의 얼굴을 쓰다듬어 따뜻하게 만들었다. 회색 이불 위에 놓인 그녀의 손에는 종이 손수건이 들려 있었다. 한 웅큼의 머리카락이 그녀의 입언저리를 덮고 있었다. 안데르센은 그녀를 오랫동안 쳐다보는 것을 피했다. 예전에 그녀가 동해안의 백사장에서 잠들었을 때 그가 참지 못하고서 그녀의 얼굴을 뜯어보았을 때 그녀로부터 사람이 신중하지 못하다는 비난을 받았던 일이 생각났기 때문이었다. 발걸음을 죽여 그는 그의 외투를 옷장에 집어넣고서 부엌으로 갔다. 식사가 차려져 있었다. 급하게 대충 차려진 식사가 아니었다. 오히려 그것은—식기들 사이에 놓인 촛불이 그것을 암시했다—무언가를 강조하기 위해서, 기념하기 위해서 차려진 식사였다. 두 병의 맥주와 입으로 불어서 만든 덴마크 술잔들이 마련되어 있었고, 조그만 대바구니에는 그가 알지 못하는 종류의 빵이 담겨져 있었다. 밖에는 하늘이 마치 무슨 청부일을 맡아서 하는 듯 눈이 펑펑 쏟아지고 있었다. 안데르센은 불을 켜고 다시 거실로 돌아왔다. 크리스티아네를 깨우지 않기 위해 발걸음 소리를 극히 죽여서. 그의 시선은 서가에 가서 머무르며 사진들을 훑었다. 그러다 갑자기 그는 은제 세트—원통형 상자, 작은 주전자, 깨진 접시들—가 없어진 사실을 알아차렸다. 그는 소스라치게 놀랐다. 그는 급하게 몸을 움직여 서가 쪽으로 다가가 세필드의 걸작이 담긴 쟁반이 놓여 있던 자리를 손으로 쓸어보았다. 그는 한순간 망설이면서 크리스티아네를 건너다본 후 그녀에게로 다가가 몸을 구부려 그녀의 귀에다 키스를 했다.

그녀는 잠에서 깨어나 기뻐하며 자기를 일으켜달라고 그를 향해 양팔을 뻗었다. 그녀는 이불 개는 일은 그에게 맡겨두었다. 그런 질문을 하는 자신이 우습다는 듯한 표정을 지으면서 그녀는 이렇게 물었다.

「날아다니는 물고기도 먹을 수 있을까?」

「어떻게 그런 생각을 하게 됐지?」

안데르센이 물었다. 그러자 크리스티아네가 말했다.

「꿈을 꾸었는데, 우리는 엘베 강에 가 있었어. 날아다니는 물고기들이 강을 거슬러 올라가고 있었어. 우리를 비롯한 많은 사람들이 날아다니는 물고기들을 잡았어. 우리의 양동이가 가득 찼어.」

그는 어깨를 으쓱해 보이며 이렇게 말했다.

「정확히 알 수는 없지만, 그것들도 먹을 수 있겠지.」

그는 더 이상 그녀의 꿈 이야기를 듣지 않고 그녀의 손목을 잡고 그녀를 서가 앞으로 데리고 갔다.

그는 말을 할 필요가 없었다. 그녀는 그가 무슨 이야기를 하려는 건지, 무슨 이야기를 듣고 싶어하는 건지 금방 알아차렸다. 그녀는 쾌활한 표정으로 한번도 사용하지 않는 그 물건들을 팔았다고 말했다. 그녀는 그것들을 유리한 가격에 팔았다고 생각했다. 그뿐만이 아니었다. 그녀는 그렇게 해서 받은 돈을 확실하게 이익이 보장되는 방법으로 투자했다고 확신하고 있었다.

「정비공장?」

안데르센이 물었다.

「아니야, 정비공장 비용을 계산한 게 아니야.」

크리스티아네가 말했다. 자기가 말할 내용을 그가 앉아서 들어야 한다고 생각했는지 그녀는 그를 부엌으로 데리고 가서 살짝 어깨를 눌러 의자에 앉혔다. 그러고 나서 그녀는 그의 뒤에 서서 자신이 그의 주문카드를 오용했노라고, 딱 한 번 오용했노라고 고백했다. 그녀는 병원 주소로 백과사전 네

질을 주문하여 현금을 주고 구입했다고 말했다. 그 중 한 권
은 벌써 수간호원에게 생일선물로 주었다고 말했다.
　「그때 그 클라우젠의 얼굴이 얼마나 환하게 피어났는지 당
신은 모를 거야. 그녀는 나를 마치 친구처럼 안아주었어. 노
르베르트에게는 크리스마스 선물로 백과사전을 주기로 했어.
나머지 두 질은 비축물로 갖고 있을 거야.」 그녀는 그의 어깨
를 꼬집으며 그와 마주하고 앉았다. 그리고 이렇게 말했다.
「이번에 판 물건들이 제대로 당신 대변(貸邊)에 기입되는 거
나 유의해.」
　그녀는 기다리며 그를 쳐다보았다. 그녀는 그의 칭찬이나,
놀라움 또는 적절한 인정의 말을 기다렸다. 그것은 무엇보다
그녀가 그의 장기 계획에 도움을 주었다고 생각했기 때문이
었다. 그러나 그는 얼굴을 떨구고서 이렇게 물을 뿐이었다.
　「나한테 전보 왔지?」
　「그래.」 그녀가 말했다. 「많은 말이 적혀 있지는 않았어.
당신더러 쿤하르트한테 들르라는 내용이었어. 그게 전부야.」
　전혀 예기치 못한 불안감을 느끼며 그녀는 자리에서 일어
나 전보를 가져와 그의 앞에 내밀었다.
　「자, 별 특별한 내용은 없어.」
　「이젠 필요 없게 됐어.」
　안데르센이 말했다.
　「그게 무슨 소리야?」
　「쿤하르트 씨를 찾아갈 필요가 이젠 없어졌다는 거지.」

「그럼 당신 벌써 그 사람 만났어?」

「그는 나를 맞아주었어.」 안데르센이 말했다. 「그 사람은 나를 고별방문으로 맞아주었어.」

크리스티아네는 다그치듯이 말했다.

「어서 말해 봐. 도대체 무슨 일이야!」

그러자 안데르센은 테이블을 내려다보면서 이렇게 말했다.

「난 그곳에서 나오게 됐어. 그 사람들은 내 배당금을 다 지불해 주고 나를 내보냈어. 그들은 나를 대기자 명단에 올려놓기는 했어. 편집부에서 자리가 날 경우를 대비해서 말이야.」

「그럴 리가 없어.」

크리스티아네는 그렇게 말하면서 손가락으로 그녀의 관자놀이를 어루만지며 한동안 입을 벌린 채 서 있었다.

「사실이 그런걸.」

안데르센은 그렇게 말하면서 체념조로 이렇게 덧붙였다.

「나 같은 사람들은 대기자 명단에 들어가 있는 게 당연해. 그것이 사람들이 우리한테 마련해 준 자리야.」

크리스티아네는 갑자기 소리를 지르며 거실로 달려갔다. 그녀는 다시 돌아와 창문 쪽으로 뛰어가 신음소리를 터뜨렸다. 그런 다음 그녀는 그가 있는 쪽으로 몸을 돌리더니 분노에 찬 웃음소리를 마구 터뜨렸다. 그녀의 웃음소리는 꼴깍하는 소리에 중단되곤 했다. 안데르센은 여태껏 그녀의 그런 모습을 한번도 보지 못했었다. 그는 혹시 그녀의 머리가 돈

것이 아닌가 걱정되었다. 그는 그녀에게로 다가가 그녀를 양 팔로 꼭 끌어안았다. 꼭 끌어안은 팔의 힘을 늦추지 않은 채 그는 그의 뺨을 그녀의 머리에 문지르며 속삭였다.

「진정해, 정말 진정하라구. 우리는 해낼 수 있어. 뭔가 생기겠지. 당장 내일이라도.」

그녀는 그에게서 빠져나오려는 시도를 하지 않았다. 그가 그녀의 머리를 쓰다듬을 때에도 그녀는 잠자코 있었다. 그가 그녀를 의자로 데리고 갈 때에도 그녀는 거부하지 않고 그가 앉히는 대로 순순히 따랐다. 그녀는 그에게 눈길을 던지지 않았다. 크리스티아네는 마치 돌처럼 굳은 채 앉아 있었다. 그는 그녀의 손목을 잡고서 마치 누가 듣기라도 할 것처럼 아주 낮은 목소리로 이렇게 말했다.

「내일, 내일 말야 당신이 나를 데리고 가줘. 당신 병원에 남자 간호사가 필요하잖아. 한번 생각해봐. 그렇게 되면 우리는 늘 함께 차를 타고 갔다가 함께 집으로 돌아올 수 있잖아.」

그녀는 한동안 그의 말에 귀를 기울이는 듯이 보였다. 그녀의 입술이 바르르 떨렸다. 그런 다음 그녀는 그를 쳐다보며 이렇게 말했다.

「나는 생각할 수가 없어. 전혀 아무것도 생각할 수 없다구. 내일도 마찬가지일 거야.」

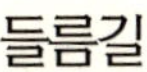

들름길

DER ABSTECHER

들름길

　라카 칠로 반짝이는 흰색 해협 여객선의 다른 승객들은 모두 배의 출항 장면을 구경하기 위해 난간 쪽으로 우르르 몰려들었다. 그만이 그렇지 않았다. 그는 곧장 조그만 접는 탁자에 가서 앉아 햇빛을 쬐면서 양손으로 얼굴을 훔치고 나서 납작하게 생긴 황동 물건을 식탁 위에 올려놓고 골똘히 생각에 잠겨 한참 동안 그것을 바라보았다. 그를 부두까지 바래다준 니켈 안경을 낀 가냘픈 체격의 남자는 여전히 끈질기게 배를 바라보고 서서 작별의 인사를 기다렸다. 하지만 접는 식탁에 앉아 있는 키가 후리후리한 젊은이는 현재로서는 난간으로 가서 아래쪽을 향해 손짓을 보낼 아무런 채비도 하지 않았다. 그는 사람들의 외침소리나 호령소리 그리고 기뻐서

밀고 밀리는 사람들의 모습에 아무런 감흥도 보이지 않은 채
멍하니 그곳에 앉아 있었다. 황동으로 된 그 물건을 응시하
느라 완전히 정신이 팔린 그는 떠오르는 기억을 떨쳐내기라
도 하려는 듯 고개를 흔들었다.

　해협 여객선이 뱃고동을 여러 번 울린 후 출항하자, 그는
그의 여행가방에서 파이프와 담배통을 끄집어내 식탁 위에
올려놓았다. 하지만 그는 아직 담배에 불을 붙이지는 않았
다. 다만 그는 이제 다른 사람들과 마찬가지로 난간 쪽으로
걸어가 부두를 내려다보았다. 그를 그곳까지 바래다준 사람
을 찾는 데 그는 많은 시간을 필요로 하지 않았다. 두 사람은
서로를 알아본 순간 마치 하나의 끈으로 연결되어 있는 듯
한쪽 팔을 각각 동시에 쳐들었다. 그들은 손짓은 하지 않고
하늘을 향해 팔을 든 채로 한참 동안 그대로 있었다. 그것은
많은 것을 생각케 하거나 내포하고 있는, 하지만 빠른 재회
에 대한 소망 따위는 연상시키지 않는 진기한 작별이었다.
다른 승객들이 식탁으로 몰려들어 의자와 벤치를 놓고 싸움
박질을 벌이기 전에 그는 조용히 자기 자리로 돌아가 파이프
에 담배를 채워넣었다. 담뱃불에 불을 붙인 뒤 그는 줄이 달
려 있는 그 납작한 물건을 집어들고서 그냥 한번 프로펠러처
럼 휘휘 돌려보았다.

　최상갑판이 사람들로 가득 차서 앉을 자리가 하나도 없었
지만, 그 누구도 접는 식탁에 앉아 있는 그 사람 옆에 가서
앉으려는 사람은 없는 듯했다. 추측컨대 그 이유는 그 사람

이 생각에 깊이 잠겨 얼이 빠진 듯한 인상을 주는 데다가, 다른 사람들과 눈길을 주고받지 않았기 때문인 것 같았다. 그러나 내가 그의 식탁으로 다가가 앉아도 되겠느냐고 물었을 때 그 사람은 의외로 친절한 반응을 보였다. 그는 미소를 지으며 어서 와서 앉으라는 손짓을 해보였다. 그 몸짓이 오히려 내게 고맙다고 하는 것처럼 여겨질 지경이었다. 그는 주근깨가 있는 불그스레한 얼굴을 하고 있었고, 그의 잿빛 머리카락은 짧게 깎여져 있어 젊어 보이는 그의 외모와 독특한 대조를 이루었다. 우리는 모래 빛깔의 급경사 해안을 돌아다보았다. 해안에서 위로 가장 높이 솟아오른 부분에는 역사적인 성채들, 즉 낡은 대포들이 설치된 혹 모양의 방어시설들이 자리잡고 있었다. 유구한 전통의 풍차들의 날개가 바람결에 천천히 돌아가고 있었다.

「아름다운 고장이군요.」

나도 모르게 내 입에서 그런 말이 나왔다. 그러자 그가 고개를 끄덕이며 말했다.

「전원적인 풍경이지요.」

그는 영어 악센트의 독일어로 말했다. 그렇기 때문에 그가 스스로를 소개하려고 적극적으로 나선 것이 내겐 전혀 이상하게 여겨지지 않았다. 그의 이름은 글렌 머스키로서 미국의 위스콘신 출신이었다. 웨이트리스가 나타나자 그는 금방 내게 커피를 한잔 사겠다고 말했다. 그 외에 그는 자기가 마시겠다며 항로 전용 화주 더블을 주문했다. 내가 묻지 않았는데도 그는 이곳에는 잠시 들른 것뿐이며 전문가 회의에 참석하기 위해서 코펜하겐으로 가야 하며, 그가 소속되어 있는 상공업회의소에서 자신을 파견했다고 말했다. 범선들이 우리 곁으로 달려 지나갔다. 몇몇은 커다란 삼각형 돛을 달고 있었다. 그 배에 타고 있는 사람들은 최상갑판에 나와 햇볕을 쬐고 있다가 우리를 향해 천천히 손을 흔들었다. 글렌 머스키는 납작하고 둥그렇게 생긴 황동 조각을 손가락에 걸고 좌우로 흔들며 그의 뒤로 서서히 물러나고 있는 굽이치는 목초지 벌판을 바라보았다. 그가 손에 잡고 흔들고 있는 것은—이제서야 나는 그것을 알아보았다—메달이었다. 세월의 그림자가 서려 있는 훈장이었다. 끈에 생긴 누런 얼룩도 그 메달의 나이를 말해 주었다. 그는 깊은 생각에 잠겨 있었으면서도 내가 그 오래된 훈장에 관심이 있음을 알아차리고서, 그것을 집어들더니 내게 넘겨주었다.

「64년」 그가 말했다. 「이 물건은 1864년 것입니다. 용맹성을 떨친 공로로 받은 거지요.」

내가 그 메달을 들여다보고 있는 사이 웨이트리스가 와서 커피와 화주를 내려놓았다.

나는 그의 얼굴 표정에서 그가 배에서 파는 화주를 좋아한다는 사실을 확인할 수 있었다. 그는 내게서 메달을 다시 받아들더니 이리저리 흔들었다. 그때 그의 얼굴에는 경멸조의 미소가 떠올랐다. 그는 갑자기 그 황동 물건을 내려다보며 고개를 끄덕이며 말했다.

「좀 이상하다고 생각하실지 모르지만 내가 이곳에 들른 것은 이 훈장 때문입니다. 나는 그저 진실을 알고 싶었을 뿐입니다.」

「무슨 진실 말입니까?」

내가 물었다. 그러자 그가 대답했다.

「당시에 이곳에서 실제로 있었던 일에 대해서 말입니다. 저기 저 성채에서요. 그리고 무슨 대가로 이 같은 훈장이 수여되었는지에 대해서 말입니다.」

그는 침착하게 그 메달은 자신이 위스콘신에서 가져온 것인데 원래 독일계 조상을 둔 그의 아내의 것이라고 이야기했다. 그녀의 선조들 중의 한 사람이 당시 이곳에 있다가 그 훈장을 받았는데, 아마도 그녀의 증조부쯤 되는 것 같다고 했다. 그 집안 사람들은 그 훈장을 대대로 물려주며 가보로 간직했다는 것이다. 그렇지만 무슨 일로 그 훈장을 받았는지의 사실은 갈수록 희미해져 끝내는 너무나 보편적이고 전설적인 성격을 띠게 되었다는 것이다. 다른 곳에서도 마찬가지이지만 여기서도 세월이 흐름에 따라 의혹이 고개를 들었다는 것이다.

그의 아내는 그가 그 영웅들의 발자취를 좇아보려 한다는 사실을 알고 있었다.

「아내는 그 훈장을 손에 들려 나를 이곳으로 보냈지요.」 그가 말했다. 「그래요. 아내는 무엇보다 앞으로 생길 의혹을 불식시키려고 한 거지요.」

그는 나를 향해 술잔을 들어올리더니 잔을 끝까지 비우고는 고개를 흔들었다. 나는 그에게 모든 일이 소원대로 되었는지, 어떤 확신을 얻어 가는지에 대해서 물어보았다. 그러자 그는 고개를 끄덕이며 이렇게 말했다.

「집안 식구들에게 적어도 약간의 이야기는 할 수 있게 되었습니다.」

애당초 그는 그가 의도했던 대로 일이 진행되리라고는 생각하지 않았었다. 그곳에 도착하자마자 그는 열 개의 성채가 위치한 야산으로 올라갔다. 그곳에서 그가 만난 것은 한 학급의 학생들과 한 늙은 부부뿐이었다. 그는 집단무덤들이 말끔하게 가꾸어져 있는 것을 보고 놀랐다. 보트들이 유유히 달리고 있는 해협의 정경이 너무나 멋있어서 그는 그 모든 것을 한 장의 사진에 담았다. 그와 이야기를 나눈 교사는 옛 성 안에 있는 박물관을 한번 찾아가 보도록 충고했다. 교사는 그에게 당시 사건들의 다양한 자료들, 이를테면 카드들, 무기들, 심지어 군의관들의 수술 도구들이 보관되어 있는 특별전시실을 알려주었다.

그는 잠시 말을 멈추더니 숨김 없는 눈빛으로 나를 훑어보았다. 분명히 나의 나이를 어림잡아 보려는 것 같았다. 그게 힘들었는지 그는 내게 이렇게 물었다.

「당신도 참전용사인가요?」

「그렇습니다」, 내가 말했다. 「몇 달 전까지만 해도 전쟁터에 있었습니다.」

메달을 내려다보면서 그가 물었다.

「당신도 이런 걸 받으셨습니까?」

「나는 큰 순양함을 탔습니다」, 내가 말했다. 「내 배에는 천 명이 넘는 병력이 탔기 때문에 그런 것은 받을 수가 없었습니다.」

그는 그런 질문을 해서 미안하다는 듯한 제스처를 해보였다. 무언가를 알아낸 데 대해 만족해 하는 듯 그가 갑자기 어깨를 치켜올리는 것을 나는 놓치지 않았다.

거의 하루 온종일을 그는 박물관 안에서 보냈다고 이야기했다. 자료들과 증거물들은 손으로 만질 수가 없었기 때문에 그저 눈으로 보는 것으로 만족해야 했으며, 평면도들, 스케치들 그리고 그림들을 계속해서 찬찬히 뜯어보았다고 그는 말했다. 그는 당시에 수여된 훈장들도 모두 볼 수 있었다. 그러나 그가 갖고 있는 것과 같은 모양의 용맹 훈장은 찾을 수가 없었다. 마침내 그가 보여준 그 훈장을 본 박물관 관리인은 그 훈장의 진품 여부를 의심하기까지 하였다.

「그때 갑자기 내 기분이 어땠는지는 당신도 충분히 상상할 수 있을 겁니다.」

그가 말했다. 그러나 박물관 관리인은 그의 얼굴에서 실망감을 알아차리고는 그에게 그 분야의 권위자인 스벤드젠이라고 하는 향토연구가를 찾아가 보라고 권유했다. 그 사람은 양측 참모부를 포함하여 그 전쟁에 참가했던 그 어떤 사람보다 그 역사적 사건들에 대해서 많은 것을 알고 있다는 것이

었다. 그가 박물관에서 몹시 쇠잔한 기분 상태로 그의 호텔
로 돌아간 것은 훈장의 진품 여부에 대한 의혹 때문이 아니
라 오히려 그곳에 전시된 수술도구를 보았기 때문이었다.
　「오늘날의 가구장이의 공구함에도 그것들보다 훨씬 섬세
하게 생긴 톱과 집게가 들어 있을 겁니다.」
　그가 말했다.
　웨이트리스가 와서 찻잔들을 치워도 되겠느냐고 물었다.
그러자 그 미국인은 그녀가 들고 온 쟁반에다 아주 큰 액수
의 팁을 놓아주며 더블로 두 잔의 향로 전용 화주를 더 가져
오라고 부탁했다. 그는 내가 그의 초대를 거부하지 않은 것
이 기분 좋은 모양이었다.
　「난 기분이 안 좋았어요.」 그가 말했다. 「나의 아내와 그
집안 사람들이 그토록 오랫동안 가보로 보관해 온 이 용맹
훈장이 진짜가 아니라고 아내에게 말해야 할 것을 생각하면
정말로 기분이 안 좋았어요.」
　그리하여 그는 사실을 확인하기 위하여 그 향토연구가를
찾아갔다. 그는 그 사람을 고문서와 동판화 그리고 풍경화
등을 취급하는 한 조그만 가게에서 발견했다. 그가 찾아온
이유를 말하자 그 사람은 곧 그에게 차를 권했다. 그 전문가
는 단 한 번 보고서 그 훈장이 진품이며 당시 특출한 용맹성
을 보여준 사람에게 수여된 것이라고 확인해 주었다. 그뿐만
이 아니었다. 스벤드젠은 당시에 훈장을 받은 사람들의 명단
을 모두 갖고 있었다. 그는 힘들이지 않고 노트를 끄집어내

더니 그녀의 증조부의 이름을 알려달라고 했다. 그는 찾고 또 찾고 뒤에서부터 넘겨보고 다시 한번 집게손가락으로 명단을 하나하나 짚어나갔지만 하사 사보리는 어디에도 없었다. 단지 사보로프스키라는 남자만이 있었다. 그때 그 방문객은 그 증조부가 위스콘신으로 이주한 후 그의 이름을 영어식으로 바꾼 사실을 기억해 냈다.

「그때 내가 얼마나 안심을 했는지 당신은 모르실 겁니다.」

글렌 머스키가 말했다. 그 훈장이 진품이라는 사실은 심지어 그에게 독특한 만족감까지 주었다. 하지만 그러한 만족감은 오래 가지 않았다.

고서점 주인인 그 향토연구가는 자신의 방문객의 섬세한 관심에 기분이 좋아져 그때 일어난 모든 사건들과 날짜에 대해서 알려주었다. 그는 특히 성채들이 적군에 의해 포위되었던 그 몇 주와 몇 달에 대해서 묘사했다. 그 증조부도 포위군의 일원이었다. 교전 양측에 탄알을 아껴쓰라는 지시가 하달되었기 때문에, 그리고 그런 사실을 양측이 서로 알고 있었기 때문에 병사들은 시간이 흐를수록 걱정을 하지 않았고, 참호에서 나와 모습을 드러낸 채 아침 햇살 속에 앉아 있었다. 그들은 때로는 상대측을 향해 손짓을 하기도 했다. 그 작은 전쟁터에서 무사한 분위기의 시기가 길어질수록, 그만큼 더 양측의 군인들은 가까워졌다. 건방지거나 자존심을 내세우거나 상대를 누르겠다는 것이 아니라 오히려 가볍게 동료한테 하는 투의 아침 인사가 일상적인 일이 되었다. 서로 적

대적인 양측의 초병이 한밤중에 마주치게 되면 묵시적인 합
의하에 총을 내려놓곤 하는 것은 확인된 사실이었다.

「어떤 가능성을 발견했느냐 하면요.」

머스키 씨는 그렇게 말하면서 그의 여행가방에서 한 권의
책을 꺼내 책갈피에 끼워놓았던 두 장의 그림을 빼냈다. 스
벤드젠 씨가 그에게 그 그림들을 판 것이었다. 그것은 포위
된 생활 모습을 담은 누렇게 변색된 종이들이었다. 그들, 즉
양측의 군인들은 함께 모여, 서로를 상대방에게 소개하고,
풀밭에 앉아 이야기를 하고, 서로 상대방의 배급 식사를 맛
보게 하고, 담배를 교환하고, 고향에 대해서 이야기하고 그
리고 각자의 진지로 돌아가기 전에 수통의 물을 돌려가며 다
같이 한 모금씩 마셨다. 이런 이야기를 듣는 사람은 누구나
당연히 그것의 사실 여부에 대해 의심을 품지 않을 수 없을
것이다. 한번은 그들은 한밤중의 추위를 견디기 위해 함께
앉아 모닥불을 피웠다. 불을 쬐면서 그들은 더욱 절절히 고
향에서 하던 일을 상대의 눈앞에 그려보이기도 했으며, 일단
한번 맺은 관계를 앞으로도 계속 유지하자는 생각을 여기저
기서 서로 표현하기도 했다. 그렇게 매일 교류를 한 지 몇 주
가 지나자 그들은 서로를 이름으로 불렀다. 그들은 잠을 자
러가기 위해 헤어지면서 작별인사를 나누었다. 물론 상대방
의 진지에 대한 상호방문 초대는 없었다.

「내가 그 향토연구가에게서 알아낸 사실이 그렇게 황당무
계하지만은 않습니다.」 그 미국인이 말했다. 「그러나 상대방

에게서 자기 자신들의 운명을 발견하고 게다가 서로 너무나 가까워져 적대감 같은 것은 거의 찾아볼 수가 없던 사람들 사이에서 도대체 무슨 용맹을 떨칠 기회가 있을 수 있었을까에 대해서 나는 자문해 보지 않을 수 없었어요.」

스벤드젠 씨는 함께 성채에 올라가 보자고 그에게 제안했다. 스벤드젠 씨는 장벽에 올라서서 그 미국인에게 예전에 그 군인들이 대치했던 곳과 서로 만나 일상적인 것 이상의 대화를 나누었던 곳을 손가락으로 가리켰다. 그곳에 지금은 벌판과 목초지 그리고 잘 가꾸어진 집단무덤밖에는 없었다. 그 방문객은 몇몇 곳에서는 그 군인들이 소리치면 들리는 곳에서 대치하고 있었음을 알게 되었다. 그곳의 풍경을 바라보며, 군인들의 일상에 대한 기억 속의 이야기를 들으면서 그 방문객은, 그 어떤 종류의 용맹성이 있었길래 지금 그가 지니고 있는 훈장이 수여될 수 있었을까 생각하기가 쉽지 않았다. 어떻게 당시에 용맹성을 떨칠 수 있는 상황이 조성될 수 있었을까 하는 그의 질문에 대해 향토연구가는 아주 짧게 대답했다. 그는 말했다.

「명령에 의해서죠.」

글렌 머스키는 아무 말도 하지 않고 머리를 돌려 바다 위의 초록색 항로부표 중의 한 부표에 눈길을 던졌다. 그러면서 그는 메달의 모서리로 식탁을 톡톡톡 가볍게 두드렸다.

「아마 그건 언제나 그랬던 것 같습니다.」 내가 말했다. 「명령은 어떠한 이의도 허용하지 않습니다.」

그는 다시 고개를 흔들었다. 그의 얼굴에 예의 골똘히 생각에 잠긴 듯한 표정이 나타났다. 스벤드젠 역시 그에게 어떤 군대이든 무조건 복종의 원칙이 통용된다는 점을 상기시켰던 것이다. 그 향토연구가는, 전날까지만 해도 빵과 주소와—이것 역시 확인된 사실인데—수통까지 나누어 갖던 상대방 군인들을 향해 포위군들이 사월의 어느 날 갑자기 공격을 감행한 사실에 대해 별로 이상하게 생각하지 않았다. 그들은 오로지 명령만을 따랐다. 그 명령 하나로 그들이 지난 몇 주 동안 경험하고 행하고 그리고 가족 같은 위기공동체 속에 조성해 놓았던 것들을 까맣게 잊을 수 있었다는 사실이 머스키 씨는 이해가 되지 않았고, 또 결코 이해하고 싶지도 않았다. 두 사람은 명령 하나가 지니는 의미를 놓고 논쟁을 벌였다. 그들은 그 논쟁을 식사를 하면서까지도 계속했다. 식사는 미국인이 그 향토연구가를 초대한 것이었다.

한 사내아이가 우리의 테이블로 다가와 배의 선미에 따라오는 갈매기들에게 줄 빵이 좀 있는지 물었다. 글렌 머스키는 그 아이에게 동전 한 닢을 주어 매점으로 보냈다. 그런 다음 그는 메달을 손으로 꼭 움켜쥐고서 나를 쳐다보았다.

「그 모든 것을 알게 된 후로는,」 그가 물었다. 「그 훈장을 받게 만든 그 행동에 대해 내가 별로 관심을 갖지 않게 되었다는 사실을 당신은 상상하실 수 있겠습니까?」

자신도 모르게 어떤 하나의 사건, 즉 용감성과 맹위와 죽음 따위를 두려워하지 않는 대담성에 대한 하나의 모범을 머릿속에 그려보려고 했었다는 사실을 그는 시인했다. 하지만 그는 향토연구가에게 그것에 대해서 문의하는 일을 그만두었다. 그런데 그 사람이 놀랍게도 그가 묵고 있는 호텔로 찾아온 것이다. 그 사람은 자신이 찾아낸 물건에 대해 기뻐하고 또 극히 만족해 했다. 즉 그는 그 미국인에게 한 증거물의 복사본을 보여줄 수 있었다. 그것에 따르면 사보르프스키 하사가 아군의 공격을 잠시나마 고착 상태에 빠지게 했던 두 개의 포대를 점령하는 데 혁혁한 공적을 세운 것이었다. 그 향토연구가는 그로써 그 미국인에게 꽤 큰 기쁨을 마련해 주었다고 생각했다. 그래서 그는 미국인으로부터 칭찬의 말을 기대했다. 하지만 그 미국인은 그의 전언을 아무 말도 하지 않은 채로 받아들였다.

「왜 그렇게 했는지 나도 모릅니다.」 그가 나한테 말했다. 「나는 갑자기 그 사진만 보고 있었어요. 그것은 점령당한 두 개의 포대와 그것들 주위로 허리가 꺾인 채 일그러진 얼굴을 땅에 파묻고 있는, 진지를 사수하던 병사들의 모습이었습니다. 용감성의 한 모범을 보여준 그 사나이는 그들을 내려다보며 서 있었어요. 나는 그 사람이 거기 엎어져 있는 병사들 중의 한 사람 옆에 며칠 전에 물이 반쯤 찬 채로 그들에게 주어버렸던 자신의 수통이 있는 것을 갑자기 발견하는 장면을 상상했습니다. 그리고 나는 또 그 사람이 그 수통을 다시 집어들고는 집합을 알리는 나팔소리에 귀를 기울이는 장면을 상상했어요.」

그 향토연구가는 그에게 그 증거물의 복사본을 선물했다. 그 미국인은 처음에는 그것을 받지 않으려 하다가 생각을 바꾸어 받아들었다. 항구를 향해 가는 길에—그 향토연구가는 굳이 그를 바래다주겠노라고 고집했다—그들은 거의 말을 하지 않았다. 비로소 그들이 배 앞에 당도했을 때, 스벤드젠 씨는 그에게 이제 가족들의 미심쩍은 마음을 일소해 줄 확실한 증거물을 손에 넣었으니 편안한 마음으로 돌아갈 수 있지 않겠느냐고 물었다.

「그래서 당신은 뭐라고 대답했나요?」

내가 물었다.

「오,」 머스키 씨가 말했다. 「나는 이번 방문을 결코 잊지 못할 거라고 말했지요.」

「집에 가면,」 내가 물었다, 「당신이 알아낸 것에 대해서 이야기할 겁니까?」

그는 놀란 눈빛으로 나를 쳐다보았다.

「물론이지요,」 그가 말했다, 「나는 그들에게 그 증거물들을 줄 겁니다. 과거에 있었던 일에 대해서 그들에게 이야기해 줄 겁니다. 그러고 나서 그들이 앞으로 이 메달에 어떤 의미를 부여하든 그것은 그들 자신이 결정할 문제입니다. 그것은 말로 표현해야 합니다. 모든 것을 알려야 합니다.」

그는 꺼내놓았던 물건들을 조심스럽게 그의 여행가방에다 챙겨넣었다. 그는 담배 파이프의 재를 털어낸 다음 그것도 집어넣었다. 그는 무거운 마음의 짐을 벗은 듯한 표정을 지

었다. 이번 들름길이 그에게는 보람이 있었던 것처럼 보였
다.
  색깔이 바랜 파란빛을 배경으로 해안선의 가장자리가 뚜렷
하게 드러났다. 그는 생각에 잠겨 해안선을 훑어보며 혼잣말
이 아닌 듯한 어투로 이렇게 말했다.
  「정말 전원적인 고장이야. 내 마음에 들었어.」

공제받은 사랑

김재혁

독일 비평계의 황제로 일컬어지는 라이히—라니츠키는 독일 현문단에서 열 손가락 안에 꼽히는 작가 중의 하나인 지그프리트 렌츠를 단거리 경주의 대가라고 말한 바 있다. 이것은 그의 대표적 장편인 『독일어 시간』과 『모범』이 나오기 전의 것이기는 하지만, 그만큼 렌츠의 역량이 짧은 소설 쪽에 탁월함을 입증해 주는 말이다. 지금까지 열두 권에 달하는 장편을 썼음에도 불구하고 유머와 기지와 암시성이 강한 그의 단편소설에 대해 유독 더 많은 평단의 찬사가 쏟아졌으며, 특히 『술레이카는 정말 다정했네』(1955년)라는 단편집은 200만 부 이상의 판매를 기록하기도 했다.

여기 우리말로 옮긴 단편집 『루드밀라』는 올해로 70세 생일을 맞은 렌츠(1926년 3월 생)의 기념 작품집 형태를 띠고 있다. 여기에 실린 여섯 편의 단편 중 대부분의 것은 신문이나 잡지에 발표된 것들을 모은 것이지만, 책의 제목으로 쓰인 「루드밀라」만은 처음 발표되는 작품이다. 길이가 아주 상

이한 작품들을 한데 모은 것으로 세심하게 구성된 작품집이
라고는 할 수 없지만, 이 작품집에서 우리는 테마, 서술기법,
문체상으로 렌츠의 고유한 특성을 확인할 수 있다. 여기에
실린 소설들은 단순한 상황 묘사에 그치지 않는다. 작품마다
늘 놀라운 반전과 드라마틱한 급소가 들어 있어, 그것으로부
터 우리는 렌츠가 전하는 교훈을 접하게 된다. 렌츠 소설의
한 가지 특징은 바로 독자들에게 읽는 재미와 더불어 도덕적
메시지를 은근 슬쩍 전하는 데 있다. 그로 인해 비평가들은
렌츠에게서 교사의 면모를 읽기도 한다. 그의 작품이 학생들
의 필독서가 되고 있는 것도 여기서 그 이유를 찾아야 할 것
이다. 그러면 각각의 작품에 대해서 살펴보기로 하자.

　「루드밀라」는 이 작품집에서 길이가 가장 길면서 가장 아
름다운 그리고 가장 잘 짜여진 작품이다. 렌츠는 사랑 이야
기를 세무공무원의 방문과 절묘하게 결합시켜 놓고 있다. 이
작품의 일인칭 화자는 작가로서 멀리 동구 쪽에서 이주해 온
독일계 이민자들에게 독일어를 가르치는 역할을 하는 사람이
다. 그에게 어느 날 세무공무원이 찾아와 그가 모아놓은 영
수증들을 검사한다. 식사에 대한 영수증에서 박물관 견학에
이르기까지 그는 그 모든 영수증들을 사적인 것이 아닌 공적
인 것, 즉 독일어 교육상으로 지출한 결과라고 말한다. 그렇
지만 그는 글을 쓰지 못하고 자꾸만 그의 밑에서 조수역을
하면서 독일 생활에 적응해 가는 법을 배우던 루드밀라를,
그녀와의 로맨스를 생각한다. 시베리아의 툰드라의 자연 속

에서 자란 그녀의 자연적이고 풋풋한 아름다움과 영리함에 매료된 그는 그녀와 강에서 카누를 타던 중 그녀에게서 키스를 훔치고 또 그녀와의 애찬식을 고대한다. 그러나 그녀는 떠나고 없다. 영원히. 여기서 세무공무원이 결정적인 역할을 한다. 이미 세금관계 결산이 끝난 녹음기의 버튼을 그가 얼떨결에 눌렀는데, 거기서 흘러나온 것은 놀랍게도 사방으로 수소문을 했지만 찾지 못했던 루드밀라의 목소리였다. 그녀는 그의 세무신고서를 우연히 발견하고, 그가 많은 세금을 포탈한 것을 알아낸 것이었다. 자신과의 만남을 위해 쓴 식사대금이나 선물에 이르기까지 모든 것에서 세금 공제를 받은 그의 태도에 환멸을 느낀 것이다. 세무공무원의 방문으로 그는 지금까지 전혀 느끼지 못하고 있던 것을 깨닫는다. 즉 그가 루드밀라에게 선물을 할 때마다 세액공제를 받음으로써 그녀와의 사랑 자체를 세액 공제의 대상처럼 여겼다는 것이다. 그래서 루드밀라는 '공제된 루드밀라가' 라는 말로 그녀의 녹음을 끝맺는다. 여기서 작가는 애인도 잃고 세금 포탈의 혐의까지 받게 된 독일어 선생의 예를 통해서 대다수 독일인들이 지니고 있는 괴벽의 정곡을 찌르고 있다. 이것은 더 나아가서 자본주의적인 무뇌아적 사고의 소산이라고 할 수 있다.

　「숨쉬기 운동」은 이러한 종류의 이야기를 꾸려가는 데 있어서의 작가의 역량이 잘 발휘된 작품이다. 렌츠는 무조건 서로 말을 놓으며 즐기는 한 휴양지 클럽의 세계를 재미있게 희화적으로 묘사한다. 북구학을 연구하는 교수와 그곳에 같이 간 그의 조교의 부인과의 관계가 문제시된다. 물론 그들 모두는 젊은이들을 위해 만들어진 그 클럽에는 어울리지 않는 사람들이다. 두 사람이 그곳에서 벌어진 춤 경연대회에서 열띤 경연을 벌인 뒤, 교수는 또다시 매트리스에 바람 넣는 경기에 참가했다가 무리하여 쓰러지고 만다. 여기에 등장하는 일인칭 여성 화자의 목소리는 적절하다. 그녀는 미몽에서 깨어난 여자들이 남편들에 대해서 이야기할 때의 약간의 경멸이 깃든, 재미있어 하는 어투로 말한다. 렌츠는 젊은이들의 휴양지에 들른, 두 쌍의 중년 남녀의 이야기를 전개하면서 아무런 해석을 가하지 않고, 그에 대한 평가와 판단을 독자에게 일임하고 있다. 굳이 판단을 내리자면 자신의 나이를 잊은, 지나친 청춘 숭배에 대한 경고라고 할 수 있을 것이다.

「구해 낸 저녁」은 한 시민대학에서 벌어지는 우스꽝스러운 사태를 다루고 있다. 개막 강연을 맡은 연사가 병 때문에 오지 못하고 대신 '백발의 땅딸막한 남자'가 '수족관 문화'에 대해서 성공적으로 강연을 한다. 강연의 원래 제목은 '사형집행인인가 아니면 조산부인가?—문학비평에 대해서'였다. 그렇기 때문에 청중들은 그 해양학자가 하는 수족관 문화에 대한 강연을 문학비평계에 대한 알레고리로 해석한다. 렌츠는 은유적 기법을 사용하여 사치스러운 것의 적대자로서 주로 반짝이는 것, 베일을 쓴 것, 고약하게 위장한 것 등에 대해서 서슴없이 칼질을 하는 라니츠키를 암시하는 큰 농어와

맞선다. 즉 비평가 라니츠키가 전지전능한 큰 농어가 되고, 문단의 그밖의 사람들은 이에 기꺼이 순응하는 수족관의 보조물이 되는 것을 풍자한 것이다. 반어적인 굴절에도 불구하고 이 작품이 라니츠키에게 헌정되었듯이 여기에서 약간은 아첨의 냄새를 지울 수 없다.

「공포」와 「들름길」은 군대의 엄격한 명령체계가 얼마나 비인간적인 결과를 가져올 수 있는가를 뚜렷이 보여주는 작품들이다. 이것은 렌츠가 이미 여러 번 변형해 가며 다룬 테마이다. 그는 이러한 유의 작품을 씀에 있어서 '먼저 추상적인 형태로 갈등을 접하고, 그 다음 구체적인 상황을 만들어내는' 작업 순서를 택한다. 이것은 작품에서 직접 확인 가능하다. 그러한 추상적인 갈등을 「공포」에서 그는 한 이등병이 훈련장에서 예기치 않은 사고로 상관을 다치게 한 후 도망쳤다가 자책을 하며 고심 끝에 다시 부대로 돌아와 병실 창문으로 상관이 무사한 것을 확인한 후 안심하고 용기백배하여 자기 막사로 돌아가다가 정지 신호를 무시하여 보초의 총에 맞아 죽는 상황으로 설명하고 있다. 「들름길」에서는 그는 '용맹 훈장'이 결국 어쩔 수 없는 명령의 비인간적인 결과임을 밝혀낸다.

「구직 응모」는 강한 인상을 남기는 작품이다. 일자리가 없는 한 박사가 여러 번의 구직 끝에 한 출판사의 편집부에 응모하여 백과사전 외판원으로 일하게 된다. 그를 도우려는 그의 아내는 소중한 은제 그릇을 팔아 그의 주문량을 늘린다.

그러나 바로 그날이 해고당한 날이었다. 그는 그의 아내가 근무하는 병원의 간호보조로 일할 생각을 한다. 현실 생활과 직접 관련이 있는 쪽만 자꾸 계발하고 그렇지 못한 쪽은 도태시키는 자본주의적 현실을 고발한 작품이라고 하겠다.

렌츠는 때로는 조심스럽게, 때로는 멜로드라마처럼 우리 복지사회의 한계에 대해 이야기한다. 그러면서도 그의 이야기들은 생동감과 진솔성을 잃지 않는다. 긴장감이 넘치기 때문에 이 작품들을 읽다보면 독서삼매경에 빠지게 된다. '액션'으로 가득 찬 미국 소설 작품에 길이 들어 있는 독자들도 렌츠의 이 작품들로부터 보상을 받을 것이다. 이것은 그의 기질과 그것에 따른 그의 서술방식 덕분이다. 이에 반해 잘 꾸며진 단편소설을 선호하는 독자들에게도 그는 이 책으로 독서의 매혹적인 즐거움을 선사해 줄 것이다. 여기에 실린 작품들은 이 시대를 잘 반영하며 동시에 초시대적으로 적용된다. 이미 나이가 들어 독일 문단의 기념비로 자리잡은 지그프리트 렌츠에 대해서 평론가 라이히―라니츠키는 이렇게 말한다. 「그의 아주 잘 쓰여진 이야기들 속에서 렌츠는 무엇보다도, 느닷없이 이 시대의 문제들을 밝혀주는 여러 만남들을 스케치하고, 가히 모범적이라고 할 여러 상황들을 보여주는 데 성공하고 있다.」

인간사에 있어서 비극과 희극 사이의 긴장, 인간성의 결함, 인간관계의 허실, 공포와 희망의 교차 등에 시선을 집중시키고 있는 렌츠는 일상 속에서 운명적인 것의 냄새를 맡아

이를 구체적 상황으로 형상화해 내는 탁월한 이야기꾼의 재
질을 유감없이 발휘하고 있다. 다시 한번 라니츠키의 말을
들어보자.「그는 암시성이 강한 풍자와 재치 있는 유머와 은
밀한 급소의 대가이며, 노벨레적인 함축성과 양식상의 정교
함의 애호가이다. 내적으로 논리정연한 이 조그만 예술작품
들은 형식과 언어의 마무름을 통해 항심과 편안함을 전해 준
다. 그리하여 그의 작품에서는 공포스럽거나 섬뜩한 일이 벌
어지더라도 궁극적으로는 위안적인 것이 흘러나온다. 인생의
차분한 관찰자이며 명상에 잠긴 회의론자인 그는 은밀한 낙
관론자이다.」

지그프리트 렌츠 연보

1926년 동프로이센 마주렌Masuren의 소도시 뤼크Lyck에서 3월 17일 출생.

1943년 김나지움 졸업반 학생으로 해군에 입대.

1945년 패전 직전 탈영하여 덴마크에 체류. 곧이어 영국감옥에 투옥. 함부르크 근처의 바르크테하이데Bargteheide에 정착하여 함부르크 대학에서 철학, 문학사, 영어영문학을 공부하기 시작. 이때 렌츠는 암거래 상인으로 생활함.

1949년 결혼.

1950년 『디 벨트*Die Welt*』지의 문화부 기자, 문예란 편집부장을 지내며 작가활동 시작.

1951년 첫번째 소설 『하늘에는 매들이 떠 있었다*Es Waren Habichte in der Luft*』 발표. 전업작가로 전환. 함부르크의 프로이서 가(街) 거주. 여름엔 덴마크 거주. '47그룹'에 가입.

1952년 첫소설로 르네 쉬켈레 상 수상.

1953년 『하늘에는 매들이 떠 있었다』로 함부르크 레싱 상의 학술보조금 받음. 소설 『그림자와의 결투*Duell mit dem Schatten*』 발표.

1955년 『술레이카는 정말 다정했네*So zärtlich war Suleyken. Masurische Geschichten*』 발표.

1957년 소설 『폭풍 속의 남자*Der Mann im Storm*』 발표.

1958년 단편집 『조롱받는 사냥꾼*Jäger des Spotts Geschichten aus dieser Zeit*』 발표. 『폭풍 속의 남자』가 영화화됨.

1959년 소설 『빵과 놀이*Brot und Spiele*』 발표.

1960년 단편집 『등대선*Das Feuerschiff*』 발표.

1961년 방송극 『죄 없는 사람들의 시대―죄 있는 사람들의 시대*Zeit der Schuldlosen―Zit der Schuldigen*』 발표. 9월 19일 『죄 없는 자들의 시대……』가 함부르크의 독일연극관에서 초연. 브레멘 시(市) 문학상, 베를린 프라이에 폴크스 뷔네의 게르하르트 하우프트만 상, 동독 문학상 수상.

1962년 희곡 『죄 없는 자들의 시대……』 발표.

1963년 소설 『시민들의 논의*Stadtgespräch*』 발표. 단편소설 「등대선」이 영화화됨.

1964년 희곡 『얼굴*Das Gesicht*』 발표―9월 18일 독일 연극관에서 초연. 『레만의 이야기, 혹은 나의 시장은 그토록 아름다웠다*Lehmanns Erzählung oder So schön war mein Markt*』 발표. 『죄 없는 자들의 시대……』가 영화화됨.

1965년 단편소설 『놀이 훼방꾼*Der Spielverderber*』 발표. 사회민주당 선거전에 선거 연설자로 활동(귄터그라스와 함께)—시대 비판적인 토의 상대자로 여러 번 연단에 서서 연설.

1966년 노르트라인 베스트팔렌 주(州)의 '위대한 예술상' 문학부문 수상.

1967년 방송극 『가택수색*Haussuchung*』 발표.

1968년 호주 전역으로 강연여행. 소설 『독일어 시간*Deutschstunde*』, 단편 「함부르크 사람들*Leute von Hamburg*」 발표.

1969년 미국여행. 휴스턴 대학에서 유럽의 전후문학에 대한 초청강의.

1970년 희곡 『안대*Augenbinde*』, 『산지기라고 다 즐거운 것은 아니다*Nicht alle Förster sind froh*』, 『관계들:문학에 대한 견해와 고백*Beziehungen:Ansichten und Bekenntnisse zur Literatur*』, '단편소설전집' 발표. 뒤셀도르프 연극관에서 2월 28일 『안대』가 초연됨. 『독일어 시간』이 독일 텔레비전에서 영화화됨. 독일 프리메이슨 비밀결사원 상과 레싱 링 문학상 받음. 독일-폴란드 조약을 서명하러 가는 빌리 브란트*Willy Brandt*의 초청으로 그와 함께 바르샤바로 여행.

1971년 『술레이카는 정말 다정했네』가 텔레비전에 극화됨. 『서커스는 그랬었다*So war das mit dem Zirkus*』 발표.

1972년. 『우리와 도스토예프스키*Wir und Dostojewskij*』 발표. 마네 슈페르버*Manès Sperber*의 주재하에 하인리히 빌, 앙드레 말로 및 한스 에리히 노사크와 토론.

1973년 소설 『모범*Das Vorbild*』 발표.

1975년 『미라벨레의 얼*Der Geist der Mirabelle*』, 단편집 『아인슈타인 박사 엘베 강을 건너가다*Einstein überquert die Elbe bei Hamburg*』 발표.

1976년 함부르크 대학 명예박사 학위 수여. 『초기 소설들 *Die Frühen Romane*』 발표.

1981년 소설 『상실*Der Verlust*』 발표.

1983년 『상아탑과 바리케이드*Elfenbeinturm und Barrikade*』 발표.

1984년 단편소설 「종전*Ein Kriegsende*」 발표.

1985년 소설 『연병장*Exerzierplatz*』 발표. 오스트리아 정부 제정 마네스 슈페르버 상 수상. 독일직원노동조합 제정 텔레비전 상 수상.

1987년 빌헬름 라베 상 수상. 단편소설집 『세르비아 아가씨*Das serbische Mädchen*』 발표.

1988년 독일서적출판업 제정 평화상 수상. 방송극 『구조 *Die Bergung*』 발표.

1989년 하인츠 갈린스키 재단 재정 문학상 수상.

1990년 소설 『소리연습*Die Klangprobe*』 발표.

1992년 『기억에 대하여. 연설 및 논문*Über das Gedächtnis*』 발표.

1993년 이스라엘 벤 구리온 대학 명예박사 학위 수여.

1994년 소설 『반항*Die Auflehnung*』 발표.

1995년 10월 17일 바이에른 문학상 수상.

지그프리트 렌츠 1926년 3월 17일 독일의 뤼크에서 출생. 2차대전 종전 직전에 해군에 입대. 1945년부터 현재에 이르기까지 함부르크에 거주.『디 벨트Die Welt』지의 문화부 부장으로 일하다가 1951년부터 전업작가로 전환. 1952년에 '47그룹'에 가입. 그의 작품은 전기적인 요소가 자주 등장하며, 명쾌한 문체와 작품 내용의 시대 근접성이 특징이고, 죄와 박해에의 연루, 고독과 좌절의 체험, 사회 상황에 대한 개인의 적응 문제 등이 기본 테마를 이룸. 작품으로는『하늘에는 매들이 떠 있었다』(1951),『그림자와의 결투』(1953),『폭풍 속의 남자』(1957),『빵과 놀이』(1963),『독일어 시간』(1968),『모범』(1973),『상실』(1981),『연병장』(1985) 등의 장편소설과『술레이카는 정말 다정했네』(1955)를 비롯한 많은 단편집과 방송극 등이 있다.

김재혁 1959년 충북 괴산 출생. 문학박사. 시인. 고려대학교 독문과·및 동대학원 졸업. 독일 쾰른대학교 수학. 현재 고려대학교 문과대학 독어독문학과 조교수. 저서『릴케의 예술과 종교성』(고대 독일문화연구소),『우리는 소멸의 지평선을 넘어간다』(시집). 역서『기도시집』(릴케, 세계사),『이별의 꽃』(릴케, 책세상),『바람에 레몬나무는 흔들리고』(릴케, 책세상),『소유하지 않는 사랑』(라사르트, 범조사),『형상시집』(릴케, 책세상),『푸른 자연과 붉은 현실』(보브롭스키),『그대의 축제를 위하여』(릴케, 삼문),『환상의 정원』(헤세 외, 책세상),『사랑』(밀란 쿤데라, 예문),『내가 있는 세상에서』(유타 하인리히, 예문),『사랑과 결혼의 27가지 이야기』(가브리엘레 보만, 문예산책),『독일 현대시 개론』(비스만, 예문) 등.

루드밀라

저자/지그프리트 렌츠
역자/김재혁
발행인/이주현·이학성
편집인/박상순
발행처/도서출판 예문
∎
편집/이미경·박정아
미술/손설안·김수경　영업/정도준
∎
등록번호 제5-477호/등록일 1995년 3월 2일
∎
주소/110-510 서울 종로구 동숭동 1-153
전화/02-743-4652(代)
FAX/02-743-4654
∎
초판 1쇄 발행일/1996년 8월 7일

ISBN 89-86834-08-1 03850